Alexander Rieckhoff, Stefan Ummenhofer
Narrentreiben

D1870883

PIPER

Zu diesem Buch

Fasnacht: Zahllose Schwarzwaldgemeinden befinden sich im Ausnahmezustand. Der Villinger Bauunternehmer Heinrich Berger wird am Morgen nach dem Zunftball in seinem Narrohäs tot aufgefunden – ausgerechnet am Narrenbrunnen der ihm verhassten Schwenninger. Rätselhafte Botschaften lassen vermuten, dass der Mord mit der »fünften Jahreszeit« in Verbindung steht. Einige Spuren führen zu anderen Fasnachtshochburgen wie Rottweil und Elzach. Lehrer Hubertus Hummel und sein Freund Klaus Riesle sind dem Mörder dicht auf den Fersen. Dabei tauchen sie tief in die Schwäbisch-Alemannische Fasnacht ein und nehmen schließlich selbst aktiv am Umzug teil. Das bedeutet Stress pur für Hummel, denn seine geliebte Tochter Martina ist hochschwanger – und der Vater des Kindes ist ebenfalls ein Narr …

Alexander Rieckhoff, geboren 1969 und aufgewachsen in Villingen, hat Geschichte und Politikwissenschaft in Konstanz und Rom studiert und arbeitet derzeit als Fernsehredakteur beim ZDF. Er lebt mit seiner Familie in der Nähe von Mainz.
Stefan Ummenhofer, ebenfalls Jahrgang 1969, ist in Villingen und Schwenningen aufgewachsen und hat Politikwissenschaft und Geschichte in Freiburg, Wien und Bonn studiert. Er ist als Journalist für Zeitungen sowie die dpa tätig und lebt mit seiner Familie bei Freiburg.

Gemeinsam schreiben sie erfolgreiche Schwarzwald-Krimis um den Lehrer und Hobbyermittler Hubertus Hummel, zuletzt »Schwarzwaldstrand«.

Alexander Rieckhoff
Stefan Ummenhofer

Narrentreiben

Ein Fall für Hubertus Hummel

Piper München Zürich

Mehr über unsere Autoren und Bücher:
www.piper.de

Von Alexander Rieckhoff und Stefan Ummenhofer liegen bei Piper vor:
Strafzeit
Stille Nacht
Morgengrauen
Narrentreiben
Schwarzwaldrätsel
Ringfahndung
Honigsüßer Tod
Giftpilz
Höhenschwindel
Schwarzwaldstrand

FSC
www.fsc.org
MIX
Papier aus verantwortungsvollen Quellen
FSC® C014496

Vollständig überarbeitete und erweiterte Taschenbuchausgabe
Januar 2014
© 2014 Piper Verlag GmbH, München
Stefan Ummenhofer & Alexander Rieckhoff GbR
Erstausgabe: Romäus Verlag, Villingen-Schwenningen 2004
Umschlaggestaltung: bürosüd°, München
Umschlagabbildung: Markus Fehrenbach (Maske)
Satz: Kösel, Krugzell
Gesetzt aus der Sabon
Papier: Munken Print von Arctic Paper Munkedals AB, Schweden
Druck und Bindung: GGP Media GmbH, Pößneck
Printed in Germany ISBN 978-3-492-30051-3

INHALT

1. ZUNFTBALL

Hubertus Hummel stakste in strassbesetzten Pumps über den verschneiten Gehweg der Bertholdstraße. Wie schafften es Frauen nur, sich in so etwas fortzubewegen? Außerdem kribbelte seine Haut, die Gummizüge seines Bauchtänzerinnen-Kostüms spannten schmerzhaft und ließen den Bauchansatz noch mehr als sonst hervorquellen. Zu gerne hätte er sich mit den Fingernägeln am ganzen Körper gekratzt, doch der Mantel verhinderte das. Und den ließ er lieber zugeknöpft, sonst hätte ihn der kalte Schwarzwälder Februarwind augenblicklich zu einer Eisskulptur erstarren lassen.

Auch die schwarze, wuschelige Perücke juckte auf seiner sonst nur spärlich bedeckten Kopfhaut. Wenigstens würde er damit auf dem Fasnetsball kaum erkannt werden – das hoffte er jedenfalls. Denn sein Aufzug war ihm einfach nur peinlich. Daran, dass ihm womöglich im Verlauf des Abends auch einer seiner Schüler über den Weg laufen könnte, wollte Hummel, Studienrat für Deutsch und Gemeinschaftskunde am Villinger Gymnasium am Romäusring, erst gar nicht denken.

»Wie konnte ich mich bloß auf diesen Blödsinn einlassen?«, schimpfte der Mittvierziger vor sich hin. Er hatte mit seinem eleganten Schuhwerk auf dem rutschigen Terrain Mühe, seiner Frau Elke und seiner hochschwangeren Tochter Martina zu folgen. Auch sie wollten sich die Saalfasnet nicht entgehen lassen.

Die beiden kicherten über Hubertus' Auftritt.

»Didi hätte sich wirklich ein bisschen mehr anstrengen können, dann wäre mir dieser Aufzug erspart geblieben«, ärgerte sich Hubertus, als endlich das hell beleuchtete Foyer der Tonhalle in Sichtweite war.

Im Vorfeld der Wahl zum neuen Villinger Zunftmeister hatte der Studienrat nämlich mit seinem Journalistenfreund Klaus Riesle gewettet. Hubertus hatte auf seinen angehenden Schwiegersohn Dietmar Bäuerle als neuen Obernarro gesetzt. Doch ausgerechnet Klaus, der von Narrozunft so viel verstand wie Hubertus von Frauenkleidung, hatte auf den richtigen Kandidaten getippt: Thomas Stöhrle.

Zur Strafe musste Hubertus nun auf dem Ball der Historischen Narrozunft 1584 e.V. als orientalische Schönheit aufkreuzen.

Zum Glück war er nicht die einzige Person in lächerlicher Aufmachung. Vor dem Foyer warteten bereits weitere seltsame Gestalten mit überdimensionalen Perücken und bemalten Gesichtern auf Einlass.

»Eine Bauchtänzerin braucht nun mal eine vollschlanke Figur«, stichelte Martina, die sich passend zur Aufmachung ihres Vaters als Sindbad der Seefahrer mit weißem Turban verkleidet hatte. Dass Sindbad schwanger war, passte allerdings nicht ganz ins Bild. In vier Wochen sollte es so weit sein.

»Klaus mit seinem Waschbrettbauch hätte in dem Kostüm bestimmt keine so zauberhafte Figur gemacht«, setzte Elke alias Lawrence von Arabien noch einen drauf, als sie den Eingangsbereich passierten. Dort standen zwei Männer der historischen Villinger Bürgermiliz in braunem Gehrock und mit Dreispitzhut Spalier. Bei jedem neuen Ballbesucher schüttelten die Bürgersoldaten ihren Schellenbaum.

Mit seiner Kamera lauerte Klaus Riesle bereits an der Garderobe. Die Wettschuld musste eingelöst werden – und der kleine, schwarzhaarige Lokaljournalist freute sich schon.

»Huberta, du wunderschöne Perle des Orients!«, trällerte er. Klaus, dessen einzige Verkleidung aus einem rotweiß geringelten T-Shirt und einem schief aufgemalten Herz auf der Wange bestand, half seinem Freund aus dem Mantel.

»Seit fünfzehn Jahren versuche ich, so gut es geht, mich vor der Fasnetberichterstattung zu drücken«, sagte er laut. »Aber für so eine Spitzenfrau werfe ich meine Prinzipien gern über Bord.«

»Könntest du vielleicht freundlicherweise etwas weniger Aufhebens machen?«, schnauzte Hubertus ihn an. Doch eigentlich waren seine Sorgen unbegründet, denn im allgemeinen »Narri Narro« achteten nur wenige auf die orientalische Tänzerin.

Auch wenn Hubertus seine Kostümierung heute albern fand: Auf die Straßenfasnacht freute er sich. Ja, er fieberte ihr sogar entgegen. Und das handbemalte »Narrohäs«, in das er an »Fasnetmentig« und an »Fasnetzischtig« schlüpfen wollte, würde er wieder mit Stolz und Würde tragen – so wie schon sein Vater und sein Großvater es getan hatten. Fasnet war schließlich nicht nur Spaß, sondern ein Brauch. Mehr noch: eine Verpflichtung.

»Und jetzt bitte alle mal freundlich lächeln für den *Schwarzwälder Kurier*«, bat Klaus.

Elke und Martina grinsten in die Kamera. Hubertus verzog sein mit Puder, Rouge und lila Lidschatten überschminktes Gesicht zu einer faltigen Grimasse.

»Sollte das Foto im *Kurier* erscheinen, verklage ich dich auf Schmerzensgeld«, raunzte er und betrat rasch den Saal. Schließlich konnte das Programm jeden Moment beginnen. Und ein zweites Mal würde er sich keinesfalls in diesem Aufzug ablichten lassen.

Fast wäre er mit Didi Bäuerle zusammengeprallt, der auf seinem Kopf eine weißblaue Ratskappe trug. An der gebogenen Spitze über seiner schweißbesetzten Stirn hing ein Glöckchen. Er war nicht nur Ratsherr bei der Narrozunft, sondern auch Umzugssprecher und Regisseur dieses Zunftballs. Und als solcher wurde von ihm am heutigen Abend ein besonders anspruchsvolles Programm erwartet, denn die geballte Prominenz machte ihre Aufwartung – bis hin zum Ministerpräsidenten. Auch dem hatte die Narrozunft schon eine Ehrenkappe vermacht, obgleich dessen unverkennbar schwäbischer Akzent nicht so recht in den badischen Teil der Doppelstadt Villingen-Schwenningen passte.

Als Didi den Vater seiner Zukünftigen in dem zartblau glänzenden Kostüm sah – das Oberteil mit großen Luftballons ausgestopft –, stutzte er zunächst und musste dann laut lachen.

»Du kannst dir jeglichen Kommentar sparen. Wo sind unsere Plätze?«, fragte Hubertus barsch, denn Didi hatte seiner Familie die heiß begehrten Karten besorgt.

Nun deutete Hummels Schwiegersohn in spe die ungefähre Richtung an und machte dann seinem Ärger Luft: »Könnt ihr euch das vorstellen? In zehn Minuten beginnt das Programm – und vier Akteure fehlen noch.

Unter anderem der Fehrenbach, der eigentlich für die Beleuchtung zuständig ist, und drei andere Narros – darunter der Berger, unser Inquisitions-Narro, der überall Verrat wittert. Der wird heute mit dem Narrenbecher für besondere Verdienste geehrt. Das wird er ja kaum verpassen wollen.«

Er schüttelte den Kopf, nahm seine Kappe ab und rieb sich über die blonden Stoppelhaare. »Ich habe es wirklich nur mit Dilettanten zu tun.«

Hummel fühlte sich bei diesen Worten an einen seiner Freunde erinnert – Edelbert Burgbacher, den Regisseur des Zähringer-Theaters. Von dem waren solche Sätze unablässig zu hören.

Für Didi nahte indes Hilfe, denn ein stattlicher Narro lief auf ihn zu. Der Narro war die Hauptfigur der Villinger Fasnet, und seine Kleidung, das sogenannte Häs, kostete ein halbes Vermögen. Nicht jeder konnte sich das leisten, doch viele taten es. Die Lindenholzmaske, die man Scheme nannte, hatte dieser Narro gelüftet, sodass sein verschwitztes Gesicht zu erkennen war.

Bäuerle atmete etwas auf. »Guten Morgen, Graf Zahl, wird Zeit, dass du kommst. Tja, der Weg aus Schwaben ist weit. Jetzt sind wir immerhin acht Narros. Nun aber ab in den Einmarschraum, die anderen warten schon. Peinlich genug, dass du dich hier vor all den Leuten ohne Scheme zeigst.«

Graf Zahl hieß eigentlich Moser und war ein guter Bekannter von Bäuerle und Hummel. Seinen Spitznamen verdankte er einer Figur aus der »Sesamstraße« und der Tatsache, dass Moser nicht nur ein ausgewiesener Fasnetexperte, sondern auch Mathematiklehrer am Wirtschaftsgymnasium war. Als einer der ganz wenigen

Villinger Narros wohnte er in Schwenningen. Man konnte mit jeder Art von mathematischem Rätsel zu ihm kommen – er löste es.

Moser konterte mit einem anderen Spruch. »Tut mir leid, aber du weißt ja, Bäuerle: Die Letzten werden die Ersten sein.«

2. »SANITÄTER!«

Mit Mühe presste Hubertus seinen Bauch zwischen den Stuhlreihen hindurch und bahnte den Weg für seine Tochter. Besorgt blickte er sich immer wieder nach dem schwangeren Sindbad um. Didi war nach einem flüchtigen Kuss für die Liebste schon längst wieder hinter der Bühne verschwunden.

Als sie endlich ihre Plätze gefunden hatten, verschlechterte sich Hubertus' Laune noch weiter. Ihnen gegenüber saß ein Mann, der mit rotem Dirndl und blonder Lockenperücke offenbar den Versuch gemacht hatte, sich als Synthese aus Margot und Maria Hellwig zu verkleiden. Es war – ausgerechnet! – Rechtsanwalt Dr. Bertram Bröse, mit dem Elke während ihrer zwischenzeitlichen Ehekrise eine Weile liiert gewesen war.

Jeder seiner Schüler wäre Hubertus jetzt als Tischnachbar lieber gewesen. Auch Elke schien irritiert, nickte Bröse nur kurz zu und blickte mehrfach zu Hubertus. Sie wusste, dass dieser immer gut für einen Eifersuchtsanfall war. Und hier vor all den Leuten ...

So oder so: Das Karma an diesem Tisch würde heute Abend nicht besonders gut sein.

»Guten Abend, Herr Hummel ... oh ... ähm ... Hallo, Elke. Wie geht's?«, stotterte Bröse. Ihm schien die Begegnung ebenfalls peinlich zu sein. Zumal neben ihm eine schätzungsweise zwanzigjährige Blondine mit tief ausgeschnittenem Dekolleté saß, die ihre Arme um den Hals des Rechtsanwalts geschlungen hatte. Der war immerhin auch schon Anfang fünfzig.

Hubertus sah seine Chance und ging in die Offensive: »Herr Bröse, ich wusste gar nicht, dass Sie schon eine so große Tochter haben! Oder ist das gar das Fräulein Enkelin?«

Wäre Hummel nicht als Frau verkleidet gewesen – der Auftritt wäre ihm noch leichter gefallen. Seine Bemerkung wirkte aber auch so …

»Das ist nicht … äh … meine Tochter«, murmelte Bröse ziemlich verlegen. »Das ist meine … ähm … Lebensabschnittsgefährtin Susi.« Peinlich berührt stellte er seiner Susi die Familie Hummel vor. Schließlich würde man wohl oder übel noch einige Stunden miteinander verbringen müssen.

»So, so, Ihre Lebensabschnittsgefährtin«, wiederholte Hummel genüsslich und so laut, dass die Leute an den Nebentischen ihre Unterhaltungen für einen Moment unterbrachen und zu Bröse hinüberstarrten. Endlich hatte Hummel ein Ventil für seine Aggressionen.

Mit einem Begriff wie Lebensabschnittsgefährtin konnte er einfach nichts anfangen. Wahrscheinlich hatte Bröse auch mal seine Frau mit diesem komischen Wort bedacht. Offenbar wollte niemand mehr Bindungen von Dauer eingehen. Für Hummel war so etwas undenkbar. Zwar hatte er vor allem während seiner Studienzeit in Freiburg mit linkem Wortschatz geglänzt, im Grunde seines Herzens war er aber ein konservativer Schwarzwälder.

Wenigstens wurde die steife Unterhaltung durch ein Geräusch unterbrochen, das für Hubertus – mal abgesehen von Elkes Stimme natürlich – der schönste Ton der Welt war. Sein Pulsschlag erhöhte sich, sein gerade noch grimmiges Gesicht bekam einen sanften, fast entrückten Ausdruck.

Es war ein Geräusch, das eigentlich unbeschreiblich war. War es ein Klingen, ein Läuten oder Bimmeln? Hubertus hatte oft darüber nachgedacht. Es stammte von den kugelförmigen Bronzeglocken, den »Rollen«, die – an Lederriemen befestigt – über den Schultern der Narros hingen. Eine Gruppe Hästräger zog, angeführt von der Stadt- und Bürgerwehrmusik sowie den Ratsherren, in den Saal ein und brachte die Rollen durch den Narrosprung in Bewegung.

Unter dem Tisch machte Hubertus den Sprung mit. Er war wie in Trance.

Das Programm des Zunftballs war durchaus amüsant. Die Sketche, Tänze, Lieder und durchaus auch gehässigen Anspielungen in Richtung Rathausspitze sorgten in den nächsten zweieinhalb Stunden für Stimmung im Saal und vor allem dafür, dass sich eine weitere Unterhaltung mit Bröse erübrigte.

Abgesehen davon hatte der ohnehin mehr Augen für das Dekolleté seiner Begleitung als für die Akteure der Narrozunft. Nein, der Herr Rechtsanwalt gab keine souveräne Figur ab. Midlife-Crisis, diagnostizierte Hummel. Das würde ihm selbst nicht passieren. Ich, dachte Hummel und schaute sich versonnen ins eigene Dekolleté, habe schon etwas mehr moralische Standfestigkeit als dieser Windbeutel.

Als der Tanz im Foyer eröffnet wurde und Bröse gerade einen erneuten Plauderversuch über den schneereichen Winter unternahm, sagte Hummel zu Elke:

»Schatz, das ist doch unser Lied. Komm, lass uns tanzen!«

Elke war darüber so verdutzt, dass sie kein Wort herausbrachte. Erstens war der »Zillertaler Hochzeitsmarsch« ganz sicher nicht ihr Lied. Vor allem aber hatte Hubertus sie noch nie freiwillig zum Tanzen aufgefordert. In ihrem Bekanntenkreis war er gar als Tanzmuffel berüchtigt. Dennoch wagte sie nicht zu widersprechen und ließ sich auf die Tanzfläche ziehen.

Didi, der nach dem Programm sofort zu Martina geeilt war und sich vor Schulterklopfern kaum retten konnte, hatte sich seine schwangere Freundin geschnappt.

Hubertus setzte wieder einen besorgten Blick auf. In diesem Zustand tanzen? Dem Enkel würde es bei diesem Gewackel sicher ganz schön übel werden. Er versuchte die Tanzdrehungen immer so zu steuern, dass er Martina und Didi im Auge behalten konnte.

Während der langhaarige Sänger der Band den Stimmungsklassiker »Da hat das rote Pferd sich einfach umgekehrt« anstimmte, steuerte Hubertus mit Elke die Bar an. Seine Ohren standen kurz vor der Kapitulation.

Doch dann verstummte die Musik plötzlich. Vor der Bühne hatten die Tänzer einen Pulk gebildet. Ein Schwächeanfall, dachte sich Hubertus. Während er zwei Sekt-Orange für Elke und sich bestellte, suchten seine Blicke Martina.

Verdammt, er hatte sie für einen Moment aus den Augen verloren. Hubertus wurde es mulmig. Der Enkel? Didis ungelenke Tanzbewegungen?

»Martina!«, schrie Hubertus so laut, dass selbst ein ziemlich angetrunkener älterer Herr neben ihm wieder die Hand aus der Bluse seiner jüngeren, aber genauso betrunkenen Begleiterin nahm.

Hubertus stürmte zur Bühne und stieß sie alle weg: die Robin Hoods, Captain Kirks und die Frankensteins oder was immer diese Gestalten auch darstellten. Als er fast zur Mitte des Menschenauflaufs vorgedrungen war, sah er schon den breiten Rücken von Didi, der sich über eine bleiche Martina gebeugt hatte.

»Sanitäter!«, brüllte Hubertus. Schon knieten sich zwei junge Männer in orangefarbenen Jacken neben ihn hin.

Immer wieder stieß Martina Ächzer aus. Hubertus schauderte es. Martina würde doch nicht jetzt etwa ihr Kind bekommen? Vier Wochen zu früh und vor all diesen Leuten?

Bitte nicht!

Hubertus verfolgte die Bewegungen der Sanitäter. Der eine fächerte seiner Tochter gerade mit der Speisen- und Getränkekarte Luft zu. Gut so!

Doch was machte der andere? Der streichelte ihr den Bauch!

»He, Sie!«, brüllte Hubertus den Sanitäter an. »Was machen Sie denn mit meiner Tochter? Sie haben Ihre Sanitätsausbildung wohl beim Sommerfest der Narrozunft gewonnen?«

Der Sanitäter sah ihn nur mit glasigen Augen an. Auch das noch! Betrunken im Dienst!

»Ich werde dafür sorgen, dass Sie diese Jacke nicht mehr lange tragen«, raunzte ihn Hubertus an. Er wusste nicht erst seit seiner Zivildienstzeit bei den Maltesern, dass dies disziplinarische Maßnahmen nach sich ziehen musste.

Der Mann zeigte sich jedoch keineswegs beeindruckt. »He, he«, lallte er und streichelte nun Hubertus über den Bauch. »Am Aschermittwoch ist eh alles vorbei!«

Nun mischte sich Didi ein: »Diese beiden Idioten sind nicht echt«, erklärte er. »Das ist doch nur eine Verkleidung.« Er beugte sich wieder über Martina, die immer noch am Boden lag und die Augen geschlossen hatte.

3. SÄBELTANZ

Berta Gremmelsbacher schnaufte schwer. Siebenundsiebzig Kilo, verteilt auf einen Meter zweiundsechzig Körpergröße, dazu noch der von Schneematsch bedeckte Gehweg – das war zu viel für sie und ihre Einkaufstasche. Nur langsam kam sie voran, denn die Laternen funzelten matt. Wenn sie nicht aufpasste, würde sie sich bald in der Brigach wiederfinden, die neben der Straße still vor sich hin gluckerte. Und ein Bad in dem eisigen Bach würde sie in ihrem Alter und bei dieser Jahreszeit wohl kaum überleben.

Dabei waren es nur noch wenige Meter bis zum Haus von Heinrich Berger in der Mönchweiler Straße, dessen Haushälterin sie war. Gevatter Tod würde warten müssen.

War ja auch gut so, denn schließlich stand die Fasnet vor der Tür. Berta Gremmelsbacher war eine alte, traditionsbewusste Villingerin. Und sah man mal von der Weihnachtszeit ab, wenn die beiden Töchter aus München und Heidelberg und die insgesamt fünf Enkel zu Besuch kamen, war das ganze Jahr über nicht viel los bei ihr.

Ihr einziger Sohn Robert wohnte zwar gerade mal sechzig Kilometer entfernt in der Nähe von Freiburg, ließ sich aber nur selten bei ihr blicken. Wahrscheinlich hatte sie ihm in letzter Zeit zu viele Vorwürfe gemacht, weil er arbeitslos war.

Schon bevor sie in die Einfahrt des Anwesens trat, sah sie, dass der Hausherr offenbar weniger sparen musste als manch anderer. Das zweistöckige Haus war hell erleuchtet – sogar im Keller brannte Licht. Die alte Jugendstilvilla protzte nicht mit Reichtum, aber man merkte schon, dass der alte Berger seinem Junior nicht nur ein solides Baugeschäft mit zwanzig Angestellten, sondern auch die eine oder andere Mark auf dem Konto vererbt hatte. Berta Gremmelsbacher rechnete noch immer in Mark.

Und der Heinrich Berger war für sie immer noch der »Junior«, weil sie ihn schon viele Jahrzehnte kannte. Nächstes Jahr würde er seinen 65. Geburtstag groß feiern, bei ihr hingegen stand der 70. an, den sie in kleinerem Kreise begehen würde.

Berta Gremmelsbacher streifte sorgfältig die Schuhe an der Fußmatte ab, öffnete mit ihrem Schlüssel die Haustür und rief: »Herr Berger, i bin's – wie immer um die Ziet.« Pünktlich wie jeden Abend schaute sie um Viertel nach sieben nach dem Rechten.

So hell erleuchtet das Haus war, so still war es drinnen. »Herr Berger! I bring nu's Esse fürs Woche'end.«

Immer noch Stille.

Berger bewohnte das Haus allein – meistens jedenfalls. Seit er sich von seiner Gattin getrennt hatte, war nur bisweilen eine Mitbewohnerin eingezogen. Genaueres wusste Berta Gremmelsbacher aber nicht – und zu fragen verbot ihr die Loyalität gegenüber ihrem Hausherrn. Sie fragte allenfalls, ob sie für mehrere Personen einkaufen oder das Bett für eine oder für zwei Personen herrichten sollte.

Um ihre Rolle musste sie nicht fürchten: Die deutlich

jüngeren Partnerinnen ihres Arbeitgebers machten nicht den Eindruck, als wollten sie ihr den Rang der Küchenchefin streitig machen. Auch seine aktuelle Freundin nicht – eine Blondine, mit der er es aber ernst zu meinen schien und mit der es schon deutlich länger ging als mit ihren Vorgängerinnen. Berta Gremmelsbacher hatte vor Kurzem beim Aufräumen sogar einen Prospekt gefunden, in dem teure Hochzeitsreisen angeboten wurden.

Das bereitete ihr allerdings schon Sorgen. Wieder eine Frau fest im Haus ... Bergers Scheidung lag erst ein Jahr zurück. Auch wenn sie schon fast zehn Jahre getrennt gewesen waren, hatte die Blondine wohl darauf gedrängt, weil sie nicht mit einem formell noch verheirateten Mann zusammenleben wollte.

Berta Gremmelsbacher ging in die Küche, legte Gemüse und Käse in den großen Kühlschrank und holte vorsichtig zwei Tupperschüsseln aus dem Einkaufskorb, in denen sich die Samstagsmahlzeit für Berger befand: gekochter Schinken in der einen, Kartoffelbrei und Schwarzwurzeln als Beilagen in der anderen Schüssel.

»Herr Berger?«, rief sie nochmals.

Sie überlegte, ob sie wieder gehen sollte, doch dann hörte sie ein Geräusch aus dem Keller. »Herr Berger?«

Langsam ging sie die Treppe hinunter. Musik dröhnte durch den weitläufigen Treppenaufgang: »Ta-taaa-ta-ta-ta-ta-ta-tataaaa-ta-ta-taaaa ...« Ein Marsch. Natürlich. Der Villinger Narromarsch. Das passte zu den Bildern an den Wänden, die Impressionen aus etwa hundert Jahren Villinger Fasnetgeschichte zeigten. Die darauf abgebildeten Narrofiguren unterschieden sich im Lauf der Jahre kaum, während an den Häuserfassaden im Hintergrund der Wandel der Zeit allerdings nicht zu übersehen war. Während auf den alten Bildern mal das Hotel Blume Post, mal der Schreibwarenladen Singer, Eisen Werner oder Görlacher zu erkennen waren, bildeten auf den neuesten Farbbildern fast nur noch Schnäppchenläden, Modegeschäfte und Telekommunikationsshops den Hintergrund.

Auf einem Foto sah man eine Vierergruppe, die vor Bergers Baugeschäft posierte. Zwei Narros mit ihren Morbili, einer der weiblichen Fasnetfiguren.

»Herr Berger, i bin's, d' Berta«, rief die Haushälterin, so laut sie konnte.

Plötzlich verstummte die Musik.

»Herr Berger?«

Keine Antwort, keine Spur vom Hausherrn.

Als sie am Hobbyraum vorbeikam, schnellte Berta Gremmelsbacher ein Säbel entgegen.

»Um Gott's wille«, entfuhr es ihr.

An der Tapete zeichneten sich die Umrisse einer großen, massigen Gestalt ab. Berta Gremmelsbacher spürte, wie ihr abwechselnd heiß und kalt wurde.

»Huhuhu«, klang es dumpf.

Berta Gremmelsbacher atmete dreimal tief durch. Fast glaubte sie, ihr letztes Stündlein hätte nun tatsächlich geschlagen. Doch vor ihr stand der Herr des Hauses – vielmehr: ein Narro. Berger war seit vielen Jahrzehnten in der Narrozunft aktiv. Und es war Tradition, dass man kurz vor den tollen Tagen das Häs überprüfte, mitsamt der Rollen und der Scheme. Die vermeintliche Waffe, mit der Berger vor ihrer Nase herumgefuchtelt hatte, war zum Glück nur ein handgeschnitzter Narrosäbel aus Holz.

»Jo, Mäschgerle, isch dei Tochter immer no z'Heidelberg?«, fragte der Narro und machte dann im Kellerflur den Narrosprung zur Musik.

Berta Gremmelsbacher hatte sich wieder beruhigt. »Jo, aber am Schmotzige Dunnschtig kunnt se viellicht mit de Enkelin, Herr Berger ... äh ... Narro.«

Ein eisernes Gesetz der Villinger Fasnet besagte, dass man den Narro, während er seine Scheme aufhatte, nie mit dem bürgerlichen Namen ansprach. Sofern man ihn überhaupt einmal erkannte.

Der Narro schritt wieder majestätisch durch den Kellerflur, sprang und breitete das Foulard aus, ein seidenes Tuch. Dann setzte er ab.

»Woasch, Mäschgerle, in ä paar Johr wer'e mir die Rolle z'schwer si«, fuhr er fort. »Manchmol beneidet mer fascht di andere Zünft – de Elzacher Schuttig zum Biespiel. Aber immer nu kurz – und dann woaß i wieder, dass es die schenscht Sach vu der Welt isch, en echte Villinger Narro zu si.«

Wieder sprang der Narro durch den Flur und machte dazu juchzende Geräusche, die durch die Scheme dumpf klangen.

»Aber, Herr Berger, äh, Maschgere«, widersprach Berta Gremmelsbacher. »Du springsch doch wie en junge Hupfer.«

»Des isch lieb, Mäschgerle«, antwortete der Narro. »Du siehsch au zehn Johr jünger us. Aber du häsch recht. Bi de Wiiber kumm i immer no guet a – die könnet mir nit widerstau. I han no jedes Johr ä andere.«

Berta Gremmelsbacher lächelte unsicher. Das klang nicht nach baldiger Hochzeit ...

Zum Glück neigte sich die Unterhaltung dem Ende zu: »Also, dankschön – und e schen's Woche'end. I gang nochher no uf de Zunftball un mach bim Einmarsch mit«, sagte der Narro.

»Dann wünsch i viel Spaß, Maschgere«, antwortete Berta Gremmelsbacher. »De Schinke isch übrigens im Kühlschrank.«

Sie ging langsam die Treppe hoch. Puh. Berger hatte sie ganz schön erschreckt. Auch als sie bereits vor der Haustür stand, dröhnten ihr noch immer der zünftige Narromarsch und der helle Klang der Rollen in den Ohren.

Sie schaute auf die Uhr. Zwanzig vor acht. Der Chef würde vor lauter Anprobe zu spät zum Zunftball kommen.

Aber sie dafür pünktlich zum Freitagskrimi im Fernsehen.

4. AM NARRENBRUNNEN

Kriminalhauptkommissar Stefan Müller wälzte sich in seinem Bett in der Rottweiler Königstraße hin und her. In letzter Zeit schlief er immer schlechter, sein Sodbrennen machte ihm zu schaffen. Heute Nacht spitzte sich die Problemlage zu: Beim Skat mit Freunden im Gasthof Kreuz in Villingendorf hatte er wohl einen Trollinger zu viel getrunken ...

Wie spät es wohl sein mochte? Sechs Uhr? Sieben? Nein, so wurde das nichts. Weiterschlafen, weiterschlafen, redete er sich ein. Wenn du erst mal das Licht angemacht hast oder auf die Toilette gehst, findest du nie mehr in den Schlaf.

Womöglich würde er dann auch noch seine Frau wecken, die es wegen seines Schnarchens seit einigen Monaten vorzog, im Gästezimmer zu nächtigen. Gut so, dachte sich Hauptkommissar Müller in diesem Moment. Wahrscheinlich habe ich nach dieser Nacht mit dem Alkohol im Blut den halben Schwarzwald abgesägt ...

Wieder wälzte er sich hin und her. Schließlich gab er auf. Leise fluchend drückte er den Knopf der antiken, vergoldeten Nachttischlampe und griff nach seiner Taschenuhr. Die hatte ihm sein Großvater mütterlicherseits hinterlassen – ein gebürtiger Triberger, der als Uhrmacher lokale Berühmtheit erlangt hatte.

Doch so schön die Uhr auch war, so mäßig war Müllers Laune, nachdem er einen Blick darauf geworfen hatte: Fünf Minuten vor fünf – viel zu früh, um aufzustehen.

Er setzte sich auf, schlüpfte in seine braunen Filzpantoffeln und schlurfte in Richtung Toilette, während er schlaftrunken ausrechnete: Um kurz vor eins ins Bett, das machten ... gerade einmal vier Stunden Schlaf. Hoffentlich würde ihn seine Frau nicht wieder um halb acht wecken, damit er mit ihr auf den Markt ging. An Samstagen gehörte dies im Hause Müller eigentlich zum festen Ritual, seit sie nach Rottweil gezogen waren.

Müllers Triberger Haus hatte sich vor ein paar Jahren als baufällig erwiesen. Außerdem hatte er, nachdem er zur Kripo Villingen-Schwenningen versetzt worden war, darauf gepocht, in einem anderen Landkreis zu wohnen.

»Sonst fühle ich mich auch nach Feierabend so, als wäre ich im Dienst«, hatte er zur Begründung gesagt. Eigentlich hatte er diesen Schritt auch nicht bereut. Nur dass die Rottweiler genauso fasnachtsverrückt waren wie die Villinger und zunehmend auch Schwenninger – das störte ihn. Fasnacht bedeutete für ihn primär Überstunden und Ärger mit Betrunkenen, Sachbeschädigung und Körperverletzung.

Als er wieder in sein Bett kroch, beschloss er, nun ganz schnell und tief zu schlafen. Die Heizung bollerte vor sich hin. Ein guter Rhythmus zum Eindösen. Na also, es klappte doch. Schon träumte er. Was, wusste er nicht so genau – nur dass das Klingeln irgendwie nicht hineinpasste. Überhaupt nicht.

»Stefan«, ertönte eine weibliche Stimme.

Dann leuchtete es grell. »Stefan! Kommissar Winterhalter ist am Telefon.«

Die Stimme gehörte unzweifelhaft Müllers Frau. Er blinzelte, schaute dann abermals auf die Uhr. Viertel nach fünf. Verdammt. Er schlich zum Telefon. »Müller«, sagte er noch eine Spur barscher, als es eigentlich bei ihm üblich war.

»Ein Toter«, kam es aus der Muschel. Dem Ernst der Lage angemessen hatte Winterhalter sogar ins Hochdeutsche gewechselt.

»O nein – nicht jetzt«, sagte Müller, ehe ihm klar wurde, dass seine Sorgen im Vergleich zu denen der Familie des Opfers vermutlich kleiner waren. Also fügte er weniger aufgebracht hinzu: »Wo?«

»In Schwenninge, beim Narrenbrunne«, meldete Hauptkommissar Winterhalter.

Er wirkte frisch. Kein Wunder, ging es Müller durch den Kopf, als Nebenerwerbslandwirt kam sein Mitarbeiter nicht nur mit deutlich weniger Schlaf aus, sondern war auch körperlich topfit. Zumindest im Vergleich zu Müller. Sein Sodbrennen meldete sich wieder, als er abermals fragte: »Wo?«

»Beim Narrenbrunnen. Am Hexenzipfel … äh, also eigentlich am Hockenplatz. Schwenninger Innenstadt. Wahrscheinlich Mord. Und stelle Se sich vor: De Dote isch en Narro – also en Villinger Narro.«

»Ich komme«, seufzte Müller beinahe tonlos und legte auf.

Dann knöpfte er seinen gestreiften Pyjama auf und zog sich an. Seine Frau erklärte ihm, er könne sich mit dem Restalkohol vom Vorabend auf gar keinen Fall hinters Steuer setzen. »In der Fasnetzeit kontrolliert die

Polizei wie wild, Stefan«, befürchtete sie. »Das weißt du doch.«

Müllers Antwort war ein Knurren.

Die Fahrt durch das nächtliche Rottweil, an Deißlingen und dem Schwenninger Flugplatz vorbei, dauerte im 3er-BMW bei dem geringen Verkehrsaufkommen gerade mal zwanzig Minuten. Zwanzig Minuten, in denen Müller Zeit hatte, richtig aufzuwachen und sich Gedanken über das zu machen, was ihn jetzt wohl gleich erwartete. Ein toter Villinger Narro – und zwar in Schwenningen ...

In jüngster Vergangenheit hatten manche schon gefordert, die Städte-Ehe zwischen Villingen und Schwenningen wieder rückgängig zu machen. Nicht wegen des umständlichen Namens, der nach Müllers Meinung schon Grund genug gewesen wäre. Nein, das katholisch, kleinbürgerlich und badisch geprägte Villingen und die eher protestantische und vor allem württembergische Arbeiterstadt Schwenningen ähnelten sich nur von der Größe her. In den gut vierzig Jahren seit dem Zusammenschluss hatten die Politiker zwar alles Mögliche versucht, um das Gemeinschaftsgefühl zu stärken. Doch was bei den Studenten und den neu Hinzugezogenen fruchtete, die »VS« annähernd als vereinigte Stadt betrachteten, blieb bei den Alteingesessenen vergebliche Liebesmüh. Für die blieb ein Villinger ein Villinger und ein Schwenninger ein Schwenninger. Und die Fasnet war nun einmal das Hauptbetätigungsfeld der Alteingesessenen ...

Müller seufzte, jedoch nicht, weil er in diesem Konflikt Stellung beziehen wollte: Es war sein Sodbrennen, das ihn wieder quälte. Kurz darauf war er in der Schwenninger Innenstadt, wo sein mangelnder Orientierungssinn zum Tragen kam, der auch seine Frau bei Urlaubsreisen regelmäßig zur Verzweiflung brachte.

Da vorne war doch der mitten in der Nacht verlassen daliegende Einkaufstempel City-Rondell – aber wo um Himmels willen befand sich denn nun dieser Narrenbrunnen?

Endlich sah er das Blaulicht von zwei Streifenwagen.

Alle waren sie schon da. Hauptkommissar Winterhalter, der als Chef der Spurensicherung glänzte, Oberkommissar Brüderle, ein emsiger und in Müllers Augen etwas zu karrierebewusster Kriminalbeamter, der Polizeiarzt und zwei Streifenpolizisten. Außerdem ein zitternder älterer Mann – ganz offenbar ein Zeitungsausträger, wie man an den Satteltaschen seines Fahrrades erkennen konnte, auf denen das Logo des *Schwarzwälder Kuriers* prangte.

Der Tote war ein Narro, wie man sie zu Tausenden während der Fasnettage in Villingen bewundern konnte. Die Gestalt lag am Narrenbrunnen aus Muschelkalk – ausgerechnet unter der Figur des Schwenninger Hansels. Das Blaulicht des Streifenwagens leuchtete den Brunnen an: Hölzlekönig, Schantle, Mooshexe und Moosmulle – ebenfalls Figuren der Schwenninger Fasnet – spien, vom Verbrechen gänzlich unbeeindruckt, weiter Wasser in den Trog.

Der Tote mochte Mitte sechzig sein – eigentlich ein stattlicher Narro. Die Scheme baumelte an einer Schnur neben seinem Gesicht. Auf dem Brunnen konnte Müller den Spruch lesen: »Hettischt's Muul mit Wasser gribba, noo wär d'r s'Geld im Beitl bliiba.«

»Am Aschermittwoch waschen die Schwenninger Narren hier traditionell immer ihre Geldbeutel. Symbolisch, weil die Fasnet ein teurer Spaß ist«, erläuterte Brüderle und fügte hinzu: »Sieht aus, als wäre dieses Jahr schon vor der Fasnet Aschermittwoch: Die Narren werden Trauer tragen …«

Müller musste sauer aufstoßen. In diesem Moment wurde ihm klar, dass seine traditionelle Fasnetflucht, die ihn dieses Jahr zum Skilanglauf nach Österreich führen sollte, ernsthaft gefährdet war.

Er sah sich um. Vier, fünf Frühaufsteher schauten in respektvollem Abstand zum Brunnen hinüber. Hier, wo die Fußgängerzone begann, befanden sich vor allem kleinere Geschäfte.

»Dürfte ich dann jetzt weiter, Herr Polizist?«, fragte der Austräger. »Ich hätte noch sechzig Zeitungen zum Austragen.«

»Moment«, sagte Müller. »Sie haben den Mann gefunden?«

Der Austräger bejahte. Ein Rentner wahrscheinlich, der sich etwas Geld dazuverdiente. »Ich bin etwa um zwanzig vor fünf vorbeigekommen«, sagte er.

»Das Opfer lag genauso da wie jetzt?«, hakte Müller nach.

»Habe ich schon Ihren Kollegen gesagt. Nur die Maske hatte er noch auf.«

»Scheme«, korrigierte Winterhalter ihn. »Des heißt Scheme.«

Hilfe suchend sah der Austräger zu Müller. Der ignorierte den Einwand. War ihm doch egal, wie diese Fasnachtsfanatiker das nannten. Er warf Winterhalter einen abschätzigen Blick zu, um sich dann wieder an den Zeitungsausträger zu wenden: »Also war der Narro noch maskiert, als Sie kamen?«

Der Mann nickte.

»Ich wollte schauen, ob das nur ein Besoffener ist, und habe deshalb die Maske abgenommen. Dann erst habe ich gemerkt, dass er tot ist«, erklärte der Austräger.

»Die Kollegen haben Ihre Personalien?«, vergewisserte sich Müller. »Na, dann auf Wiedersehen. Schließlich wollen die Leute ja pünktlich ihre Zeitung haben.«

Der Austräger salutierte und schwang sich wieder aufs Rad. Ob ihn der Leichenfund so mitgenommen hatte, ob es an der verschneiten Straße lag oder daran, dass er noch so viele Zeitungen in seinen Satteltaschen hatte? Jedenfalls schlingerte das Fahrrad so massiv, dass der Zeuge herunterzufallen drohte.

Wäre schlecht, dachte Müller. Vielleicht brauchen wir ihn noch. Er sah dem Radfahrer weiter nach und brummelte: »Wenigstens wird der Mord noch nicht in dieser Zeitungsausgabe stehen.«

Andererseits gab es da den Riesle, diesen unsäglichen Redakteur. Dem würde er glatt zutrauen, schon vorher von dem Mord erfahren und eine Geschichte darüber geschrieben zu haben. Dessen bester Freund war der Lehrer Hubertus Hummel. Wahrscheinlich würde er die beiden Schnüffler auch bei diesem Fall wieder an der Backe haben. Er hätte den Zeitungsausträger zum Stillschweigen verdonnern sollen.

»Todeszeitpunkt?«, knurrte er den Arzt an, doch bei dem war er an den Richtigen geraten.

»Gestern Abend, exakt dreiundzwanzig Uhr zweiunddreißig und siebzehn Sekunden«, sagte der und schnitt eine Grimasse. »Müller, ich habe bislang lediglich den Exitus feststellen können. Der Mann ist ja noch in seinem Häs. Geben Sie mir halt die Zeit, die ich brauche. Eine mögliche Todesursache kann ich Ihnen allerdings schon bieten: Erschlagen! Massive Verletzungen am Hinterkopf.«

»Identität des Opfers?«, forschte Müller weiter.

»Papiere hat dieser Narro keine dabei – nur einen Hausschlüssel. Der Zeuge sagt aber, dieser Zettel sei herausgefallen, als er dem Narro die Scheme abgenommen habe«, schaltete sich Brüderle ein und reichte Müller ein Blatt Papier.

Der verzog keine Miene, nahm den Zettel und las: »68. Schwenningen. Heinrich Berger. Fasnetverräter.« Die Buchstaben waren in einer Art Druckschrift mit schwarzem Filzstift geschrieben.

»Irgendwie kommt mir der Mann auch bekannt vor«, fuhr Brüderle fort. »Heinrich Berger – gehört dem nicht ein Baugeschäft?«

»Finden Sie mal heraus, wo der Mann wohnt«, ordnete Müller an.

»Wir sind schon dabei. Ich erkundige mich mal, ob die Kollegen Ergebnisse haben.«

»Sonst noch was?«

»En stattlicher Narro«, sagte Winterhalter, der der Kompetenteste in Sachen Fasnet zu sein schien. »Nur d'Rolle fehle.«

»Die was?«

»Rollen. Diese kugelförmigen Glocken. In Schwenninge sagt mer übrigens Gschell.«

»Hat man ihn hier umgebracht?«, wandte sich Müller wieder an den Arzt.

»Allem Anschein nach hat man ihn hier abgelegt«, gab dieser Auskunft. »Wenn die Tat hier geschehen wäre, müssten wir wohl auch Blutspuren im Schnee sehen. Da sind aber keine. Außerdem spricht der Zettel gegen eine Tat als Folge eines Streits vor Ort. Aber warten Sie's ab.«

»Ich würde auch darauf tippen, dass man ihn woanders umgebracht hat«, meinte Winterhalter. »Das wär der erste Villinger Narro, der sich nach Schwenningen verläuft. Die gehe sonscht nit aus ihrer Stadtmauer raus.«

Müller war ratlos. »Was heißt denn ›Fasnetverräter‹? Haben das Schwenninger Narren geschrieben? Achtundsechzig Narren?«

Winterhalter schaute interessiert: »Ein Krieg zwischen den Narrenzünften? Kann i mer eigentlich nit vorstelle. Die letzschte Johr ging's do eigentlich freundschaftlich zu ...«

Brüderle kam wieder: »Wenn das Heinrich Berger ist, dann hat er in der Mönchweiler Straße in Villingen gewohnt. Und mithilfe des Hausschlüssels sollten wir da auch hineinkommen.«

Müller zog seine Taschenuhr aus der Hose: Es war genau halb sieben. Das Wochenende konnte er sich abschminken – den Marktbesuch mit seiner Frau ohnehin.

5. VATERLIEBE

Um die gleiche Uhrzeit erwachte Martina Hummel aus einem unruhigen Schlaf. Sie fühlte sich extrem matt, was in der 37. Schwangerschaftswoche kein Wunder war. Langsam rieb sie sich über die Sommersprossen auf ihrer Stupsnase. Richtig schlafen konnte sie ohnehin seit Wochen nicht mehr – mit dem immer mehr Platz beanspruchenden Nachwuchs im Bauch war es geradezu unmöglich, eine bequeme Position zu finden. Außerdem machte ihr alles Mühe: das Aufstehen, das Anziehen, das Gehen, ja, sogar der Geburtsvorbereitungskurs.

Bereits sechs Stunden hatte sie hinter sich gebracht, hatte gelernt, wie Wehen »veratmet« werden, wie mit den Depressionen in den ersten Tagen nach der Geburt umzugehen sein würde – und wie der Kreißsaal aussah. Einmal hatte sie sogar ihren Freund Didi zum Kurs mitgeschleppt, doch das war keine gute Idee gewesen. Zusätzlich zu den acht Hochschwangeren hatten auch noch acht verunsicherte angehende Väter im Kreis auf Matten gesessen. Sie hatten üben müssen, mit dem Daumen am unteren Rückgrat der Partnerin herumzudrücken, weil das bei schlimmen Wehen angeblich Entspannung bringen sollte.

Ähnlich wenig Vertrauen hatte Martina in die Geburtsmethode, zu der ihre Mutter sie überreden wollte: eine Wassergeburt. Ob das dem Junior gefallen würde? Beziehungsweise der Juniorin? Denn Elke hatte ihr auch erklärt, es sei nicht gut, wenn man das Geschlecht des Kindes schon vorher erfahre. Man müsse sich überraschen lassen. »Das haben wir bei dir auch so gemacht, mein Kleines.«

Martina hatte geschaut wie ihr Vater: mit einer Mischung aus Fassungslosigkeit und Genervtheit.

»Eltern«, seufzte sie und versuchte, zwischen den nicht ganz zugezogenen Vorhängen einen Blick auf die Straße zu erhaschen. Sie sah eine erleuchtete Laterne, die auf den verschneiten Gehweg strahlte. Merkwürdig …

»Wie geht's dir?«, hörte sie eine leise Stimme. Da fiel ihr wieder ein, dass sie sich nicht in Didi Bäuerles Hausmeisterwohnung im Münsterzentrum befand, in die sie vor drei Monaten eingezogen war, sondern bei ihren Eltern in der Villinger Südstadt.

»Geht's besser, Schatz?«

Die Stimme stammte von einer ziemlich abgewrackten Orientalin, die außer zerlaufener Schminke auch noch starke, von Schlafdefizit zeugende Augenringe hatte.

Ihr Vater!

»Ich habe die ganze Nacht auf dich aufgepasst«, versicherte ihr Hubertus.

Bruchstückhaft fielen Martina wieder die Ereignisse ein. Der Zunftball, ihr Tanz mit Didi, ihr Sturz, ihre Ohnmacht. War sie danach nicht sogar ins Krankenhaus eingeliefert worden?

»Ja«, bestätigte ihr Vater. »Als dann endlich echte Sanitäter aufgetaucht sind.«

Martina erinnerte sich an die beruhigenden Worte des Arztes, dass mit dem Nachwuchs und mit ihr alles in Ordnung sei, sie sich aber mehr schonen und am besten zur Beobachtung die Nacht im Krankenhaus verbringen solle. Und an die Weigerung ihres Vaters, der behauptet hatte, er könne am allerbesten auf sie aufpassen und werde sie und den Enkel von nun an keine Sekunde mehr aus den Augen lassen. Er hatte so lange mit dem Arzt diskutiert, bis der endlich den schwangeren Sindbad, dessen Turban irgendwo im Gewühl verloren gegangen war, mit der Orientalin hatte gehen lassen.

»Und was ist mit Didi?«, wollte Martina wissen.

»Der liegt nebenan im Wohnzimmer – ich habe gesagt, keiner darf zu dir!«

»Papa, das ist der Vater meines Kindes.«

Hummel war um eine Antwort nicht verlegen. »Ja, aber nicht dein Ehemann – das ist schon mal ein Unterschied.«

Wenn's um seine Tochter ging, konnte Hummel so konservativ sein, dass Martina vor Scham regelmäßig mehrere Liter Schweiß verlor ...

Immerhin stand demnächst die Hochzeit an.

»Außerdem war Didi betrunken und hätte dich nur gestört«, argumentierte Hummel weiter.

»Ommm«, ertönte es leise. »Ommm.«

Martina überlegte. Trat ihr der Junior so in den Bauch, dass sie sich schon Geräusche einbildete?

»Das ist deine Mutter«, erklärte Hummel mit verzweifelter Miene. »Irgendeine neue yogische Meditationsform, wenn ich es richtig verstanden habe.«

Nun kam ein weiteres Geräusch hinzu. Der Villinger Narromarsch, allerdings in einer digitalisierten Version. Es gab wohl nur einen Menschen auf der Welt, der so einen Handy-Klingelton hatte.

Martinas Ehemann in spe.

Im Nebenzimmer klingelte es längere Zeit, ehe Didi aufwachte und reagierte. Hummel und Martina hörten ihn leise reden – allerdings nur, wenn Elke gerade keine meditativen Töne von sich gab.

Martina machte sich Gedanken, in was sie da hineingeraten war. In wenigen Wochen würde der Nachwuchs zur Welt kommen. Anschließend war die Hochzeit geplant, was zweifelsohne auch eine Menge Stress bedeutete ... Derzeit war Fasnet und ihr Lebensgefährte Didi von morgens bis nachts im Ausnahmezustand. Und sie saß hier mit ihrem überfürsorglichen Vater, der sogar auf den Arzt im Krankenhaus eifersüchtig gewesen war und bis jetzt nicht die Zeit gefunden hatte, seine Orientalinnenkleidung abzulegen. Währenddessen machte sich ihre Mutter zwar durchaus Sorgen um sie und ihr Kind, suchte aber vorwiegend sich selbst.

Und dann schoss Martina noch etwas durch den Kopf: Ganz nebenbei sollte ich mich auch noch aufs Abitur vorbereiten.

Ihr Vater riss sie aus ihren Gedanken. »In einer halben Stunde kommt die Hebamme, Schatz«, sagte er.

Die Tür öffnete sich – ganz sacht. Didi Bäuerle schlurfte herein. Auch ihm sah man an, dass er nicht besonders viel und gut geschlafen hatte. Er strich sich verlegen über die Stoppelhaare.

In der nächsten Minute vergewisserte er sich dreimal, dass es Martina wirklich immer noch »den Umständen entsprechend gut« ging, streichelte ihr fünfmal über den Bauch und ermutigte sie, noch etwas zu schlafen. Dann wandte er sich an seinen künftigen Schwiegervater: »Huby, komm, wir lassen Martina etwas allein.«

»Nein.«

»Hubertus, nur zehn Minuten!«

»Und wenn das Kind jetzt kommt?«

Didi schüttelte den Kopf. »Erstens wird's wohl kaum jetzt kommen, und zweitens: Wenn es kommt, werde ich sicher nicht zulassen, dass du dich als ehrenamtliche Hebamme betätigst.«

»Habe ich aber gelernt«, widersprach Hummel. »Auf dem Rettungshelferseminar, du weißt schon, beim Zivildienst.«

»Hubertus, das ist fünfundzwanzig Jahre her, und du hast dein Wissen noch nie in der Praxis angewandt. Komm jetzt bitte«, sagte Bäuerle energischer.

Müde schaltete sich Martina ein: »Bitte lasst mich mit meinem Kind alleine. Alle beide!«

Bäuerle zog Hubertus in die Küche und schaltete das Licht an. Man hörte die Dusche – offenbar hatte Elke ihre Übungen beendet.

»Klaus hat mich gerade angerufen«, sagte Bäuerle. »Ich weiß jetzt, warum Berger uns gestern auf dem Zunftball im Stich gelassen hat. Du weißt schon, Berger, einer der fehlenden Narros ...«

Hubertus versuchte sich gerade einen Kaffee zu kochen, was seiner Meinung nach nur er so richtig konnte, und zeigte sich deshalb nur mäßig interessiert. »Klaus. Aha«, murmelte er. Dann wanderten seine Gedanken wieder zu Martina.

»Berger ist ermordet worden!«, rief Didi lauter als nötig. Auch ihm schien alles allmählich zu viel zu werden.

Hubertus fuhr herum. »Ermordet? Und woher weiß das Klaus schon wieder?« Dann setzte er etwas beleidigt hinzu: »Und wieso ruft er mich nicht an?«

»Weil du dein Handy ausgestellt hast und er wegen Martina nicht auf dem Festnetz anrufen wollte.« Didi ließ sich ermattet auf einen der stählernen Küchenstühle sinken. »Klaus hat es von einem der *Kurier*-Austräger erfahren. Du weißt ja, er nötigt halb VS, ihm alle Neuigkeiten immer sofort zukommen zu lassen. Der Austräger hat Berger vor zwei Stunden gefunden.«

»Wo?«, fragte Hubertus.

Didi Bäuerle schüttelte den Kopf. »Am Schwenninger Narrenbrunnen – und zwar in vollem Häs.«

»Ein toter Villinger Narro in Schwenningen?«, fragte Hummel fassungslos.

Bäuerle atmete tief durch. »Das gibt Ärger!«

6. NARRENMARSCH

Hauptkommissar Müller stand kurz vor dem Tinnitus. Das ständige Pfeifen im Ohr trieb ihm allmählich die Zornesröte ins Gesicht.

»Verdammt, Brüderle«, motzte er seinen Assistenten an. »Hören Sie endlich mit dieser Pfeiferei auf. Und tun Sie mir den Gefallen: Stellen Sie dieses blöde Gerät ab. Dieses Gedudel ist ja nicht zum Aushalten.«

»Daaa-da-da-da-daaaa ...«, ertönte es immer wieder aus den Boxen der Stereoanlage. Es war eine fröhliche, langsame Marschmelodie, die Brüderle fast zum Mitsingen animierte.

»Aber Chef, das ist der Rottweiler Narrenmarsch«, wandte er ein.

Müller schüttelte nur den Kopf. Vielleicht sollte er sich die zehn Jahre bis zur Pensionierung lieber in ein weit entferntes, protestantisches Nest versetzen lassen – wo man nicht mal wusste, wie man das Wort Fasnacht schrieb. Am besten irgendwo in Norddeutschland, vielleicht auf eine einsame Hallig, wo ihn diese Verrückten nie erreichen würden.

Wenn der ganze Fasnachtsspuk vorbei war, würde er sich darüber mal Gedanken machen.

Das Touristenstädtchen Triberg, aus dem Müller kam, lag zwar nur fünfundzwanzig Kilometer von Villingen-Schwenningen entfernt. Fasnachtsscheu war er allerdings schon, seit ihn im zarten Alter von sieben

Jahren bei einem Umzug ein paar Hexen so erschreckt hatten, dass er in ein Güllefass gefallen war. Seit diesem Tag war für Müller das Thema Fasnacht passé. Lieber würde er in den Triberger Wasserfall springen, als sich noch mal einem Fasnachtsumzug auszusetzen.

»Das ist mir völlig egal, was das ist. Stellen Sie's einfach ab!«, meinte er barsch.

Wer kein Verständnis für die Fasnet hatte, war hier fehl am Platz, dachte Brüderle. Sein Chef ging ihm zunehmend auf den Geist. Eigentlich wäre er selbst doch als Ermittlungsleiter viel besser geeignet gewesen, fand er. Doch er sagte nichts und stellte sich vor den schwarzen Stereoturm. Neben der Wiederholungstaste am CD-Player leuchtete ein kleines Lämpchen. Offenbar lief schon seit Stunden dieselbe Melodie: die Nummer 17 auf der Fasnachtsmarsch-CD. Brüderle betrachtete interessiert den Index auf der Rückseite des Covers: »Heinrich von Besele. Historischer Rottweiler Narrenmarsch 1882.«

Der Schwenninger und der Villinger Marsch waren natürlich ebenfalls vertreten. Am liebsten hätte er die auch noch abgespielt und dann den Elzacher, den Oberndorfer und den Überlinger. Aber mit Rücksicht auf seinen fasnachtsmuffeligen Chef nahm er lieber einen Latexhandschuh aus seiner Jackentasche, zog ihn über und drückte die Stopp-Taste. Bloß keine Fingerabdrücke!

Dann griff er noch mal nach der CD-Hülle. Welche Märsche waren denn noch drauf? Vielleicht sollte er sich diese CD heimlich brennen? Allerdings stünde das seiner durchaus hoffnungsvollen Karriere bei der Polizei möglicherweise im Weg. Als er die CD zurückstecken wollte, fiel ihm ein Zettel auf, der innen in der Hülle klemmte. »68. Rottweil. Der Federahannes tobt«, las er.

Die Wörter waren in Druckbuchstaben geschrieben, mit schwarzem Filzstift. Brüderle ließ die CD mitsamt Hülle und Zettel in seine schwarze Manteltasche gleiten.

Jetzt, da die Musik verstummt war, hörten sie nur noch die Geräusche aus dem zweiten Stock, wo ein paar Beamte auf den knarrenden Holzdielen herumgingen, während sie Bergers Schlafzimmer durchsuchten.

»Brüderle, holen Sie einen Kollegen von oben und nehmen Sie sich mal den Keller vor«, ordnete Müller an.

Kriminaloberkommissar Brüderle verließ den eleganten Wohnraum. Von der hohen Decke hing ein prächtiger Kronleuchter herunter, der die Stuckverzierungen erst richtig zur Geltung brachte. Ein riesiger Erker trug zum herrschaftlichen Charakter des Wohnraums bei. Gegenüber thronte ein großer, mit Marmorplatten verzierter Kamin.

Müller wandte sich an Hauptkommissar Winterhalter: »Diesmal brauche ich nicht nur bei der Spurensicherung Ihre Hilfe.«

Winterhalter verzog seine Mundwinkel zu einem interessierten Lächeln. Sein Gesicht mit den geröteten Wangen erinnerte Hauptkommissar Müller an die Villinger Narroschemen, die an den Wänden der Bergerschen Villa hingen und fast ironisch auf ihn herabzugrinsen schienen. Er fühlte sich irgendwie beobachtet – und das mochte er gar nicht.

»Ich habe keine Ahnung von diesem ganzen Mummenschanz. Sie wissen da besser Bescheid«, gestand er Winterhalter. »Wie es aussieht, haben wir hier nicht nur einen Mord an Fasnacht, sondern auch einen mit fasnachtlichem Hintergrund ...«

»Sieht fascht so aus. En ermordete Villinger Narro, abg'legt ausgerechnet am Schwenninger Narrebrunne. Und dann der komische Zettel: 68. Schwenningen. Heinrich Berger, Fasnetverräter.«

»Also ich kann mir darauf absolut keinen Reim machen«, meinte Müller achselzuckend.

»I scho«, entgegnete der Chef der Spurensicherung. »Heinrich Berger war nit nur en erfolgreiche Bauunternehmer. Sie als Fasnetunkundige«, Winterhalter räusperte sich kurz, »könnet des jo nit wisse. Aber de Berger war nit nur eifach irgenden Mitglied in de Narrozunft.«

»Wie meinen Sie das?«, fragte Müller.

»I beobacht des scho seit Jahre. Isch jo au überall in de Zeitunge zu lese. Wo immer de Berger auftaucht, do gibt's Ärger.«

Hauptkommissar Müller lehnte mit dem Ellbogen auf dem Kaminsims, wo altargleich lauter Fasnachtsreliquien aufgereiht waren: Kleine Skulpturen des Narros, des Butzesels und anderer Villinger Figuren standen dort. Über dem Kamin hingen kleine Radierungen mit Motiven der Villinger Altstadt. Offenbar war Berger besonders heimatverbunden gewesen.

»Ich lese zwar Zeitung, Kollege Winterhalter, aber wo immer auch nur das Wort Fasnet oder Narro auftaucht, blättere ich sofort weiter. Klären Sie mich bitte auf!«

»I kumm jo vo Linach und bin kon Villinger, aber Sie wisset jo, wie stur die hier sind ...«

Müller grinste zum ersten Mal an diesem Morgen.

»Und ganz b'sonders wenn's um d' Fasnet goht. Und

de Berger war in seller Hinsicht en richtige Hardliner. Er hät sich halt überall Feinde g'macht.«

Müller wurde hellhörig. Winterhalters Ausführungen machten ihm Hoffnung auf eine schnelle Lösung dieses lästigen Falls.

»Chef, kommen Sie mal?«, war von draußen die helle Stimme von Kriminaloberkommissar Brüderle zu hören. Müller folgte ihm, Kommissar Winterhalter schloss die Tür zum Wohnraum und versiegelte sie.

Der Oberkommissar wies mit der Hand auf den steinernen Kellerboden, der einen großen roten Fleck aufwies. Daneben stand eine bunt bemalte Holzkiste, deren Deckel offen stand und den Blick auf Fasnetkleidung aller Art freigab – alles wirkte unordentlich und durchwühlt. Neben der Holzkiste lag ein hölzerner, mit Schnitzereien verzierter Narrosäbel, der an einer Stelle eine Delle aufwies. Vorsichtig hob Oberkommissar Brüderle den Säbel auf und zeigte auf die eingedellte Stelle – sie war rot gefleckt.

»Ich denke, der Mord wurde hier und mit diesem Gegenstand verübt. Das dürften Blutspritzer sein«, erklärte Brüderle stolz.

Hauptkommissar Winterhalter beorderte per Funkgerät ein paar Kollegen von der Spurensicherung in den Keller. Müller und Brüderle nahmen die steilen Kellerstufen in Richtung Ausgang. Für sie gab es hier vorläufig nichts mehr zu tun.

Gerade als sie den Flur im Erdgeschoss erreichten, hörten sie ein leises Klappern und Schaben. Müller und Brüderle schauten sich verwundert an. Kamen die Geräusche etwa von oben? Nein, sie schienen aus dem Wohnzimmer zu stammen.

War der Mörder etwa an den Tatort zurückgekehrt, hatte etwas vergessen oder wollte weitere Spuren verwischen?, schoss es Brüderle durch den Kopf, als er mit gezückter Waffe die Wohnzimmertür aufstieß.

Während er eine geduckte Haltung einnahm, wanderte sein Blick durch das Zimmer. Von den unheimlichen Schemen an der Wand über den Kronleuchter und an den Erkerfenstern entlang …

Moment, da war doch etwas?

Ein Gesicht!

Die Nase, die sich an der mit Eiskristallen überzogenen Fensterscheibe platt drückte, kannte er doch.

Sie gehörte Klaus Riesle.

Brüderle steckte die Pistole wieder in das Holster und lief auf den nun etwas erschrocken dreinblickenden Riesle zu.

Dann öffnete er die Tür, die zum Garten führte. Offenbar hatte sich Riesle daran zu schaffen gemacht. Im grauen Licht des Schneetreibens erkannte Brüderle zwei weitere Gestalten. Beide waren kräftig gebaut. Die etwas größere könnte fast schon als korpulent bezeichnet werden. Hubertus Hummel – natürlich. Auch der andere Mann kam Brüderle bekannt vor. Richtig, Didi Bäuerle, fasnetverrückter Hausmeister.

»Dürfte ich die Herren fragen, was sie hier treiben?«, fragte der Kriminaloberkommissar mit strenger Miene.

»Wir wollten mal nach dem Rechten sehen«, antwortete Bäuerle wenig überzeugend.

»So, so, Sie fühlen sich als Hausmeister wohl neuerdings auch für Privatobjekte zuständig.« Hinter dem Oberkommissar machte sich jetzt auch Hauptkommissar Müller bemerkbar. Er schob sich an Brüderle vorbei und baute sich vor den drei Eindringlingen auf.

»Wir hatten doch gestern Abend Zunftball. Und Heinrich Berger hätte beim Einmarsch als Narro teilnehmen müssen. Wir haben uns Sorgen um ihn gemacht«, erklärte Bäuerle.

»Und dafür haben Sie sich gleich Verstärkung mitgebracht, wie?« Müller musterte kurz Hummel und Riesle, wandte sich dann aber wieder Bäuerle zu: »Sie kannten Berger?«

»Ja, klar. Was ist denn mit ihm?« Didi Bäuerle tat so, als wäre er völlig ahnungslos.

»Heinrich Berger wurde vergangene Nacht umgebracht«, antwortete Müller.

Bäuerle mimte den Überraschten. Hummel starrte währenddessen auf sein Handy. »Martina hat sich immer noch nicht gemeldet«, sagte er dann zu seinen Begleitern.

7. SCHNECKENHÄUSCHEN

Es gab eine Menge, worüber sich Kommissar Müller an diesem Montagmorgen in seinem Büro ärgerte. In einem Punkt verband sich sogar beruflicher mit privatem Groll: Seine Befürchtungen wegen des geplanten Urlaubs waren ihm vom Polizeipräsidenten bestätigt worden. Solange der Narrenmord nicht aufgeklärt war, würde er hier festsitzen. Das hatte ihm sein Vorgesetzter ziemlich deutlich erklärt. Das wiederum würde Auswirkungen auf den Hausfrieden haben, denn seine Gattin freute sich schon seit Weihnachten auf die Fahrt nach Österreich.

Wie erklärte man ihr das am schonendsten? Müller überlegte hin und her, doch seine Gedanken schweiften schließlich zu einem anderen Punkt ab. Was ihm der Polizeipräsident nämlich verschwiegen hatte, war, dass sein Assistent Brüderle seinen Urlaub genehmigt bekommen hatte.

Das hatte er erst vor wenigen Minuten durch einen simplen Klebezettel erfahren, den Brüderle ihm auf den Schreibtisch gelegt hatte. Darauf wünschte er »gute Ermittlungen« bis zu seiner »baldigen Wiederkehr«.

Müller blickte auf den gegenüberliegenden Schreibtisch, den Brüderle vor seinem Verschwinden fein säuberlich aufgeräumt hatte, und auf den verlassenen Stuhl – wie die anderen Möbel gehörten sie zur Serie »Bror«. In Zeiten der Eigenbudgetierung hatten sich die Beamten des Kommissariats im großen Stil bei der Freiburger Filiale eines schwedischen Möbelhauses eingedeckt.

Die Kaffeemaschine war einer der wenigen Gegenstände, die nicht von diesem Hersteller stammten. Und die Heizung natürlich, die nie so richtig funktionierte. Entweder sie weigerte sich, ihren Betrieb überhaupt aufzunehmen, oder sie bollerte – so wie heute – so stark los, dass man nackt am Schreibtisch sitzen oder die Tür aufmachen musste, um zumindest etwas Wärme auf den Gang entweichen zu lassen. Müller entschied sich ohne Umschweife für die zweite Option.

Schon zwei Tassen Kaffee zuvor hatte er sich seines Jacketts entledigt und saß nun im Hemd da. Er blickte sich in seinem fensterlosen Büro um und betrachtete die jüngst aufgehängten Fotos des Landesvaters und des Bundespräsidenten, doch keiner von ihnen gab ihm genügend Inspiration zur Beantwortung der Frage, warum er sich gerade so fühlte, als sei er am Anfang vom Ende seiner Karriere angekommen.

Er nahm seine Brille ab und polierte die Gläser, während er zu dem Schluss kam, dass Kollege Brüderle daran schuld war. Der Oberkommissar schien beim Polizeichef einen Stein im Brett zu haben. Zumal er auch beim aktuellen Fall vor Müller am Fundort der Leiche gewesen war.

Und wer hatte in der Hülle dieser Narrenmarsch-CD einen Zettel gefunden, den er seinem Vorgesetzten erst Stunden später präsentiert hatte? Brüderle.

Ein kleiner Trost für ihn war, dass der offensichtlich gar nicht so viel Wert darauf gelegt hatte, in den Urlaub zu gehen. Er wollte sich wohl lieber weiter profilieren.

Allerdings hatte Brüderle eine Frau, die mehr Haare auf den Zähnen als Müller auf dem Kopf besaß und die sich wohl wieder mal gegen ihn durchgesetzt hatte. »Schlappschwanz«, murmelte Müller, goss sich eine weitere Tasse Kaffee ein und griff dann in seine Schublade, aus der er etwas Ungewöhnliches herauszog: mehrere kleine Schneckenhäuschen.

Auch die schienen etwas mit dem Fall zu tun zu haben, auch die hatte Brüderle im Keller von Bergers Haus entdeckt. Bei einer genaueren Untersuchung hatte Brüderle in einem der Schneckenhäuschen einen Zettel gefunden, der eingepackt war wie ein Glückskeks in einem chinesischen Restaurant.

»69. Elzach. Tanz mit dem Schuttig«, hatte darauf gestanden.

Während Müller selbst zum Begriff »Schuttig« gar nichts eingefallen war, hatte Brüderle wieder einmal triumphiert.

»Schuttig – das ist die Hauptfigur der Elzacher Fasnet«, hatte er geprahlt.

Müller seufzte: Für die Lösung dieses Falls schien man profunde Kenntnisse der schwäbisch-alemannischen Fasnet zu brauchen. Natürlich konnten theoretisch auch eine Frauengeschichte oder berufliche Rivalitäten hinter dem Mord stecken, doch Müller vertraute auf seinen Instinkt. »Das Motiv ist immer auf dem Feld zu suchen, das mich am meisten nervt«, murmelte er. »Also in diesem Fall die Fasnacht ...«

Er wollte diesen Fall aufklären – und zwar möglichst in den zehn Tagen, bis Brüderle wieder zurückkam. Lustlos klickte er sich im Internet durch alle möglichen Seiten über die schwäbisch-alemannische Fasnet. Er sah

Dutzende von Narren in Aktion – vom Überlinger Hänsele bis zum Oberndorfer Schantle.

Um sein Wissen zu vertiefen, hatte Müller einen der Villinger Obernarren aufs Präsidium bestellt, obgleich der mit diesen Hobbyschnüfflern befreundet war. Dieser Didi Bäuerle schien sich auszukennen und konnte ihm vielleicht sagen, ob eine Fehde zwischen Villingern und Schwenningern hinter dem Mord steckte, was die Rottweiler und nun vielleicht auch noch die Elzacher damit zu tun hatten.

Müller blickte auf die große Uhr, die zwischen dem Landes- und dem Bundesvater hing – auch sie stammte nicht aus Schweden, sondern aus Schwenningen, eine original Mauthe. Mit Uhren kannte sich Müller aus.

Zehn vor zehn, bald würde Bäuerle kommen. Doch zuvor wollte Müller beim Zunftmeister in Elzach anrufen. Aus dem Internet wusste er, dass der »Schuttig« tatsächlich die Hauptfigur der Elzacher Fasnet war und dass dieser einen Dreispitz trug, der mit kleinen Schneckenhäuschen besetzt war. Die Schneckenhäuschen vom Tatort würden vermutlich bei irgendeinem dieser Schuttige fehlen.

Eigentlich ganz einfach.

Müller kämpfte gegen sein Sodbrennen an, das durch den Kaffee weiter verstärkt wurde. Abermals musste er sauer aufstoßen. Dann räusperte er sich. Es galt jetzt, diesem Elzacher Zunftmeister klarzumachen, dass es um einen Mordfall ging und wahrscheinlich Gefahr im Verzug war.

Beim Versuch, Verwandte von Berger ausfindig zu machen, waren er und seine Kollegen bisher gescheitert – bis auf die Exfrau, die aus Rottweil stammte und nun auch wieder dort wohnte, gab es anscheinend niemanden. Die Trennung lag aber offenbar schon fast zehn Jahre zurück.

Müller überlegte: Würde er seine eigene Frau zehn Jahre nach einer Trennung ermorden? Nein. Eigentlich, so war er sich ziemlich sicher, würde er sie gar nicht ermorden. Aber sie ihn vielleicht, wenn sie die Neuigkeiten mit dem geplatzten Urlaub erfuhr ...

Die Laune des Kommissars befand sich auf dem Tiefpunkt. Zu allem Überfluss würden sich bestimmt auch die Medienheinis bald wieder wichtigmachen. Aus gutem Grund hatte er den Polizeipräsidenten so lange bearbeitet, bis dieser eine Nachrichtensperre über den Fall verhängt hatte.

Zumindest aus seiner Sicht war der Grund gut: Er wollte in Ruhe ermitteln. Allerdings saß ihm der Chef im Nacken, dem an seinem regelmäßigen Erscheinen in den Medien gelegen war.

Dieser Riesle hatte in der heutigen Ausgabe des *Schwarzwälder Kuriers* den Mord in epischer Breite beschrieben. Abgesehen von der Fundstelle der Leiche und der Identität des Opfers war ihm glücklicherweise nichts bekannt gewesen. Aber das wenige hatte er ganz ordentlich ausgeschmückt.

Wenigstens wusste Müller im Gegensatz zur Presse endlich etwas Konkretes über Todeszeitpunkt und Todesursache. Zwischen neunzehn und zweiundzwanzig Uhr am Freitagabend war Berger gestorben – das hatte die Obduktion ergeben. Da die Zeugin Gremmelsbacher den Ermordeten um zwanzig vor acht noch gesehen hatte, blieb ein Zeitfenster von etwa zweieinhalb Stunden. Der Mord war also während des Zunftballs geschehen, zu dem das Opfer erwartet wurde. Todesursache war laut Obduktion eine doppelte Schädelfraktur infolge eines Schlages mit einem stumpfen Gegenstand – wohl unzweifelhaft der Narrosäbel.

Der Fundort war also definitiv nicht der Tatort.

Was war eigentlich geschehen? Wann genau war Berger in seinem Häs erschlagen worden? Und wer war der letzte Besucher gewesen?

Gedankenverloren klopfte Müller auf dem Tisch herum, bis ihm auffiel, dass es tatsächlich der Rottweiler Narrenmarsch war, den er da trommelte. Daran war nur sein Kollege Brüderle schuld, denn der hatte diese verdammte Musik im Haus des Ermordeten nicht rechtzeitig ausgemacht.

Warum war dieser Marsch die ganze Nacht über gelaufen? War das Zufall gewesen, oder wollte der Mörder damit etwas sagen?

Der Kommissar wählte die private Telefonnummer des Elzacher Zunftmeisters, unter der er jedoch nur dessen Frau erreichte. Dann erwischte er den Zunftmeister selbst an seinem Arbeitsplatz.

»Kripo Villingen-Schwenningen«, sagte Müller mit möglichst tiefer und gewichtiger Stimme. »Herr Mayer, wir ermitteln in einem Mordfall, in dem einer Ihrer Tschudis eine Rolle spielt.«

»Bitte wie?«

Müller blickte noch mal auf den Zettel: »Schuttig, meine ich natürlich. In dem einer der Elzacher Schuttige eine Rolle spielt.«

»Was?«, fragte der Zunftmeister am anderen Ende der Leitung.

»Wir haben bei einem toten Villinger Narro mehrere Zettel gefunden. Auf einem stand: ›69. Elzach. Tanz mit dem Schuttig.‹ Dieser Zettel befand sich in einem Schneckenhäuschen, wie sie bei Ihren Schuttigen verwendet wird …«

Herr Mayer erklärte, er habe zwar von dem Verbrechen gehört, die Elzacher Narren hätten damit jedoch gar nichts zu tun. Selbstverständlich nicht.

»Herr Mayer«, sagte Müller energisch. »An einem Schuttig müssen mehrere Schneckenhäuschen fehlen. Ich fordere Sie auf, umgehend Ihre Mitnarren zu befragen, bei wem die Schneckenhäuschen fehlen, sonst machen Sie sich alle miteinander verdächtig!«

»Also höre Sie mol«, entgegnete der Mann am anderen Ende in breitem Elztäler Dialekt.

»Nein, Sie hören!«, meinte Müller und wurde etwas lauter. »Andernfalls werde ich Ihnen eine Hundertschaft Polizei auf den Hals schicken, die jeden einzelnen Hut dieser … äh … Schullis aufs Gründlichste untersucht. Das ist sicher eine tolle Werbung für Ihre Fasnacht …«

Die Antwort des Zunftmeisters war deutlich: Er legte einfach auf.

Müller lehnte sich seufzend zurück.

Nein, mit dem Verlauf des Gesprächs konnte er nicht zufrieden sein.

8. TAG DER OFFENEN TÜR

Ein paar Meter weiter im Gang sah man das anders.

»Siehst du«, flüsterte Klaus Riesle seinem Freund Didi Bäuerle zu. »Es hat sich gelohnt, dass wir ein paar Minuten früher gekommen sind. Zum Glück war die Tür offen ...«

Doch sie hatten noch mehr Glück: Müller telefonierte nun mit dem Kollegen Winterhalter, las ihm noch mal die drei Botschaften vor und fragte ihn, ob er sich einen Reim darauf machen könne, was die Schrift für Rückschlüsse auf den Täter zulasse, und ob sich auf den Papieren aufschlussreiche Fingerabdrücke befunden hätten. Auch Winterhalters Antwort schien Müller nicht zufriedenzustellen.

Riesle und Bäuerle warteten noch eine Minute, in der sich der Reporter im Halbdunkel des Polizeiflurs Notizen machte. Dann klopfte Bäuerle an die halb geöffnete Tür und trat mit Riesle in das überhitzte Büro.

Müllers Laune war nach den beiden Telefonaten ohnehin nicht die beste. Als er aber den Journalisten sah, platzte er schier vor Wut: »Raus!«, sagte er.

Riesles Ausrede, er sei nur als moralischer Beistand mitgekommen, zog bei Müller gar nicht. Endlich konnte er seine geballte schlechte Laune an jemandem auslassen. Zum Ende seiner Tirade gegen Schnüffler im Allgemeinen und die hiesige Presse im Besonderen war er kurz davor, gegen Riesle einen behördlichen Platzverweis auszusprechen. Auch nachdem dieser den Raum verlassen hatte, war Müller noch wütend. Er kämpfte gegen sein Sodbrennen an, versetzte der Heizung einen kleinen Tritt und wandte sich endlich Bäuerle zu, obgleich er befürchtete, dass dieser ohnehin Satz für Satz an Riesle weitergeben würde.

»Herr Bäuerle«, begann er mit strenger Miene und fixierte sein Gegenüber. »Sie sind hier als Zeuge geladen. Wir hatten ja früher schon mal miteinander zu tun – damals, als an Weihnachten die Leiche bei Ihnen in der Benediktinerkirche gefunden wurde.«

Bäuerle nickte und schwitzte. Hoffentlich interpretierte der Kommissar das nicht als Unsicherheit. Er entledigte sich seines blauen Anoraks. Ganz schön warm hier drinnen. Ob das zu Müllers Vernehmungsmethoden gehörte?

»Ich muss Sie darauf hinweisen, dass alles, was wir hier unter vier Augen besprechen, in diesem Raum bleiben muss. Verstanden?«

Wieder ein strenger Blick des Kommissars.

Bäuerle wirkte weiterhin etwas abgelenkt. Es half nichts, auch sein weinrotes Sweatshirt musste runter. Wirklich verdammt heiß hier. Dann überlegte er, was er darunter trug. Er kam zum Schluss: nichts.

Würde nicht gut aussehen, wenn er dem Kommissar mit nacktem Oberkörper gegenübersäße.

»Kann ich die Tür etwas aufmachen? Es ist so heiß hier drin«, fragte er dann.

Müller wurde bockig. »Nein. Wahrscheinlich sitzt diesmal Herr Hummel vor der Tür und belauscht uns. Zur Sache, Herr Bäuerle. Wann haben Sie Herrn Berger zum letzten Mal gesehen?«

Der Zeuge überlegte. »Vor etwa vier Wochen. Ich kannte ihn nur von ein paar Veranstaltungen. Zum Zunftball konnte er ja leider nicht mehr kommen. Wann ist er eigentlich genau umgebracht worden?«

»Herr Bäuerle, ich stelle hier die Fragen«, schnauzte Müller ihn an und fragte dann misstrauisch: »Oder wollen Sie hier doch Detektiv spielen?«

Bäuerle strich sich über den kurzen blonden Haarschopf. Er kämpfte weiter mit der Hitze – und mit der Müdigkeit. Die fürchterliche Nacht nach dem Zunftball und Martinas Zusammenbruch machten ihm zu schaffen.

»Herr Kommissar, ich habe im Münsterzentrum als Hausmeister mehr als genug zu tun. Außerdem heirate ich in Kürze – und schließlich goht's dagege.«

»Was tut es?«, fragte Müller konsterniert.

»Es goht dagege. Das heißt: Die Fasnet steht vor der Tür – und ich bin Ratsherr in der Narrozunft, Umzugssprecher und einiges mehr.«

»Gut«, meinte Müller. »Ich weiß: Sie sind Fasnachtsexperte. Ich habe gehört, dass der Ermordete nicht bei allen Narren gut angesehen war – auch bei den Villinger Narren nicht.«

Bäuerle grinste. »Bei denen, mit deren Frauen er was hatte, sicher nicht.«

Müller schaute ihn interessiert an. »Soll das heißen, er war ein Schürzenjäger?«

»Es gab ein paar Gerüchte«, wiegelte Didi ab. »Ich kann Ihnen dazu aber nichts sagen.«

»Namen, Herr Bäuerle. Ich will Namen!«

Damit konnte oder wollte der Hausmeister jedoch nicht dienen. Auch auf Nachfrage nicht.

»Gut, aber eine andere Sache wissen Sie doch sicher: Wir haben erfahren, dass der Ermordete als Fasnachtspurist galt.«

»Na ja«, meinte Bäuerle und strich sich abermals über die Haare, die durch den Schweiß dunkelblond geworden waren. »Wir Villinger sind eben stolz auf unsere traditionelle Fasnet – völlig zu Recht, finden Sie nicht? Und wir lassen es uns auch nicht nehmen, unsere Fasnet als schöner, bedeutender und echter als andere zu empfinden.«

»Ja, ja«, machte Müller gelangweilt. »Und?«

»Berger war eben besonders ... wie soll ich sagen?«

»Fundamentalistisch?«, schlug Müller vor.

»Ja, halt päpstlicher als der Papst. Das ging sogar mir zu weit – und den meisten vom Zunftrat auch.«

Müller überlegte. »Halten Sie es für möglich, dass er von Mitgliedern einer anderen Zunft umgebracht wurde?«, fragte er dann.

»Sie meinen von den Schwenningern, weil er dort gefunden wurde? Diese Frage stelle ich mir auch, seit ich am Samstag durch die Nachricht aus dem Schlaf gerissen ...«

Müller sah ihn durchdringend an und sagte streng: »Moment! Sie wussten also schon von dem Mord, als Sie auf Bergers Grundstück herumgeschnüffelt haben? Das ist höchst verdächtig! Wie kommt es, dass ...« Er sah nachdenklich aus, dann stöhnte er plötzlich: »Riesle!«

Bäuerle nickte kleinlaut. »Er wusste es seit dem frühen Samstagmorgen und hat sich ganz schön geärgert, dass er die Nachricht erst heute in die Zeitung setzen konnte. Der Austräger, der den Toten gefunden hat, hat ihn benachrichtigt.«

Gut, dachte sich Kommissar Müller. Als Täter dürfte dieser Hausmeister wirklich nicht infrage kommen. Aber vielleicht war er nun endlich als Fasnachtsexperte zu gebrauchen.

»Also, Herr Bäuerle, können Sie sich vorstellen, dass einer der Schwenninger Narren als Mörder …?«

Bäuerle zögerte. »Der Einzige, der mir einfällt, ist der Helmut Gerbert. In unserer Narrozunft ist dieser Verdacht jedenfalls ausgesprochen worden. Der ist so eine Art Schwenninger Pendant zu Berger gewesen. In Leserbriefen hat er ihm auch ab und zu heftig widersprochen. Aber der Gerbert ein Mörder? Der ist doch in Schwenningen ein durchaus angesehener Mann – und beim Eishockey ist er sogar im Vorstand. Dass der den Berger nur wegen Meinungsverschiedenheiten beim Thema Fasnet umbringt und ihn an den Schwenninger Narrenbrunnen schleift, kann ich mir eigentlich nicht vorstellen.«

Müller notierte sich den Namen Helmut Gerbert. Wieso hatte ihn keiner im Revier über diesen Mann informiert? Hatte Kollege Brüderle eine Verschwörung gegen ihn angezettelt? Wie dem auch sei: Diesem Gerbert würde er mal auf den Zahn fühlen …

Dann wandte er sich wieder an Bäuerle: »Und kommt einer von der Villinger Narrozunft infrage?«

»Einer von uns ein Mörder? Herr Kommissar, das ist eine Unverschämtheit! Für unsere historische Narrozunft lege ich meine Hand ins Feuer. Abgesehen davon: Glauben Sie, ein Villinger würde einen Narro ermorden, solange der in seinem Häs steckt? Das wäre ja …« Er schien kein Wort zu finden, das stark genug war – und begnügte sich schließlich mit: »Absurd!«

»Ihre Empörung ist verdächtig«, konterte der Kommissar. »Ich rate Ihnen, bleiben Sie ruhig. Sie geben also zu, dass der Einsatz des Ermordeten für eine saubere Fasnacht manchem zu weit ging?«

Bäuerle hatte sich wieder im Griff. Er nickte. »Natürlich. Vor ein paar Jahren ist eine große Abordnung der Villinger Narros bei einem Jubiläum der Schwenninger Narrenzunft in der Messehalle einmarschiert. Mit Narromarsch, Narrosprung, Häs und allem Pipapo. Das kam in Schwenningen phantastisch an. Einige hatten Tränen in den Augen. Der Berger hätte die aber hinterher am liebsten teeren und federn lassen.«

»Warum das denn?«, fragte Müller verständnislos.

»Weil die Villinger Narros traditionell nur innerhalb der eigenen Stadtmauer bleiben. Bei Brauchtumsveranstaltungen machen wir zwar Ausnahmen, aber dass wir nach Schwenningen gegangen sind, fand der Berger inakzeptabel.«

Bäuerle zog ein zerknülltes Taschentuch aus der Hosentasche und wischte sich den Schweiß von der Stirn. »In allen möglichen Pamphleten hat der Berger gehetzt – gegen die eigenen Leute, die Verrat an der Tradition begehen würden, aber auch gegen andere Narrenzünfte. Das sei alles Schund, unecht und abgekupfert, hat er behauptet. Die Schwenninger hat er als Beispiel genannt ... Und gegen die Rottweiler hat er ohnehin gemotzt, aber das hatte auch persönliche Gründe: Seine Exfrau stammt aus Rottweil.«

Müller fand es an der Zeit, das Gespräch vorerst zu beenden. Vor allem aber war es Zeit, endlich dieses überhitzte Büro zu verlassen. Ich werde hier erst wieder reingehen, wenn die Heizung repariert ist, schwor er sich, nachdem er Bäuerle nochmals unter Androhung aller möglichen Strafen zum Stillschweigen verdonnert hatte.

9. FRIEDHOFSGEFLÜSTER

Eine riesige, schwarz gekleidete Menschentraube hatte sich vor der Villinger Friedhofskapelle gebildet. In dem romanischen Türmchen, dem ältesten erhaltenen Bauwerk der Stadt, bimmelte hell die Glocke. Im Kircheninneren gab es längst keinen Platz mehr, selbst die Parkplätze des Friedhofs waren alle belegt.

Hummel, der zusammen mit seinem Freund Riesle vor dem Eingangsportal der Kapelle stand, schüttelte den Kopf. Schließlich hatte Didi ihnen berichtet, dass der Verstorbene alles andere als beliebt gewesen war. Und nun sah seine Beerdigung aus wie eine Fronleichnamsprozession. Wahrscheinlich lag es daran, dass Berger eben doch zur Lokalprominenz zählte.

Wie sollten sie in diesem Menschenauflauf nur Bergers Haushälterin finden? Den Tipp, sich an Berta Gremmelsbacher zu wenden, hatten sie von Hummels Mutter erhalten. Die Haushälterin hatte so ziemlich jedem in Villingen erzählt, dass sie die Letzte gewesen sei, die den »armen Herrn Berger« (»Und er war so ein guter Chef!«) noch lebend gesehen habe.

»Bub, stell dir vor«, hatte Hummels Mutter am Vorabend bei ihrem Anruf gesagt. »Die arme Frau Gremmelsbacher. Und der arme Herr Berger!«

Frau Hummel rief zurzeit fast täglich bei der Familie ihres Sohnes an oder kam vorbei, weil sie wissen wollte, wie es »dem Urenkel« ging.

Über Bergers Exfrau hatte Hummels Mutter nur gewusst, dass sie in Rottweil wohnte, über die ehemaligen Lebensgefährtinnen des Ermordeten sowie die momentane hatte sie gar nicht Bescheid gewusst. Als Hummel sie gefragt hatte, war ihr das Thema sogar unangenehm gewesen. Die Liebschaften eines Toten – über so etwas sprach man nicht.

Der Dekan hielt in der Kapelle gerade die Trauerpredigt, die Hummel und Riesle nur bruchstückhaft vernahmen: »Engagiert«, »sozial«, »allseits beliebt«, »Fasnacht war sein Leben« und »ein tragischer Tod« lauteten die Stichworte.

Klaus Riesle versetzte seinem Freund einen kleinen Hieb mit dem Ellbogen. »Sehr diplomatisch, der Herr Dekan«, flüsterte er.

»Lass uns lieber mal überlegen, wie wir gleich an die Frau Gremmelsbacher herankommen«, erwiderte Hubertus.

Eine Angelegenheit, die nicht einfach zu werden schien.

»Pssst«, kam es aus dem Hintergrund. Schon jetzt ernteten die beiden für ihre Tuschelei böse Blicke. Am liebsten hätte Hubertus Hummel kehrtgemacht. Eine Recherche in einem Mordfall auf einer Beerdigung – das konnte nicht gut gehen. Das hatte er seinem Freund in gewohnt ausführlicher Weise erklärt, doch der hatte ihn überzeugt. Bei Bergers Beisetzung an diesem Mittwochnachmittag vor Fasnacht würden sie alle da sein: die Haushälterin, seine Verflossenen, ja vielleicht sogar der Mörder.

Die Gelegenheit war zu günstig!

Die Mikrofonanlage verstummte. Wieder ertönte das helle Bimmeln der Friedhofsglocke, das Hubertus leicht erschauern ließ. Es bedeutete, dass der Verstorbene jetzt zu Grabe getragen wurde.

Endlich bewegte sich die Menschenschlange, folgte dem auf einem Rollwagen aufgebahrten Sarg. Eskortiert wurde der Verstorbene von Männern mit dunklen Mänteln und Schildmützen.

Das ganze Szenario bestätigte Hummel wieder mal in seinem schon längst gefassten Entschluss: Sollte er mal sterben, dann wollte er im Krematorium verbrannt werden. Sein Gott würde ihm diese Entscheidung schon verzeihen, hoffte er.

Jetzt aber schnell! Sie überholten möglichst unauffällig die Trauergemeinde und näherten sich der Spitze der Prozession, die sich zwischen den schneebedeckten Gräbern hindurchschlängelte. Im matten Februarlicht war schon die Tonsur des Dekans hinter dem großen Kreuz erkennbar, das von einem Ministranten getragen wurde.

Unter einer Trauerweide machte der Zug schließlich halt.

Ein längliches Loch in der Erde: das ausgehobene Grab.

Der Boden war Ende Februar immer noch hart gefroren. Als wolle die Erde den Toten gar nicht haben.

Die Kränze lagen auch schon bereit: von der Narrozunft, der Handwerkskammer, der DJK – und von der Schwenninger Narrenzunft. Ob das im Sinne des Toten war?

Zehn Meter und zwanzig Trauernde entfernt erblickte Hummel Bergers Haushälterin. Endlich! Klar, sie war auch älter geworden, fast noch kleiner als früher, etwas buckliger.

Er zog Riesle in Richtung Berta Gremmelsbacher, die unter der kahlen Trauerweide stand. Sie war eine treue Helferin in der Münstergemeinde. Hummel erinnerte sich noch gut an ihren köstlichen selbst gebackenen Apfelkuchen im Kommunionsunterricht, doch jetzt verdrängte er diese Gedanken und bemühte sich um einen betroffenen Gesichtsausdruck.

»Guten Tag, Frau Gremmelsbacher. Herzliches Beileid zum Tod Ihres Chefs!«

»Ach, Hubertus! Danke, des isch ganz lieb von dir«, antwortete die alte Frau und trocknete ihre tränennassen Wangen.

Da sie Hubertus schon als kleinen Jungen gekannt hatte, duzte sie ihn noch immer. Hummel hingegen blieb beim Siezen.

»Furchtbar, was mit dem Herrn Berger geschehen ist, nicht wahr?«, versuchte Hubertus, die Unterhaltung nicht abbrechen zu lassen.

»Grauenhaft. I han ihn als Letschte no g'sehe. Im Keller vu seiner Villa«, flüsterte sie Hubertus zu und setzte einen leisen Schluchzer hinzu.

Wieder erntete Hummel böse Blicke der Umstehenden. Doch jetzt konnte er nicht mehr zurück.

»Sind denn irgendwelche Verwandten wie die Exfrau und ...« Hummel stockte. Welche Formulierung war jetzt wohl die passendste? »... seine ehemaligen Lebensgefährtinnen da?«

Berta Gremmelsbacher deutete mit dem Kopf in Richtung Grab. »Nebe dem Dekan stoht so ä große Blonde.«

Hummel folgte ihrem Blick und nickte dann. Sie war um die vierzig, die Attraktivste im Umkreis und kaum zu übersehen.

»Des war sei Letschte!«

In ihrem Ton lag etwas Abschätziges.

Hubertus beobachtete die blonde Frau. Sie schnäuzte sich gerade und betupfte mit einem Taschentuch immer wieder ihre Augen. Moment mal! Den Mann neben ihr, den Mittelscheitel, diese kleinen, giftigen Augen und diese rundlichen Brillengläser kannte er doch: Müller!

Gerade senkte der Hauptkommissar seinen Kopf zur Seite und flüsterte der Frau etwas ins Ohr. Auch er erhoffte sich von der Beerdigungsgesellschaft offenbar Erkenntnisse über den Mordfall.

»Frau Gremmelsbacher, haben Sie noch weitere Verflossene von Berger erkannt?«

Jetzt schaute sie Hubertus leicht vorwurfsvoll an: »I bin jo nit grad unterm Bett vum Chef g'lege!«

»Natürlich nicht! Aber Sie haben sie doch alle gekannt, nicht wahr?« Hummel bemühte sich um einen sanften Ton.

»Wieso interessiert dich des eigentlich?«, fragte die Haushälterin.

»Herr Riesle vom *Kurier*« – er deutete mit dem Kopf auf Klaus – »und ich ermitteln in diesem Mordfall. Wir sind sicher, dass Bergers Mörder oder gar die Mörderin auch auf der Beerdigung ist!«

Kurzes Schweigen. Dann ging die Haushälterin einen Schritt auf Hummel zu. »Un do drübe, des isch seine Frau. Mei Gott, dass die sich hän trenne müsse. Aber so isch's halt, wenn mer kone Kinder hät. Sonscht wär des nit passiert. Die beide hän sich zuletscht nur no ein-, zweimol im Jahr g'sehe.«

Sie führte den Finger ganz behutsam auf Bauchhöhe

in eine Richtung, sodass die Umstehenden ihre Bewegung nicht sehen konnten.

»Die etwas festere Frau mit dem Hut und dem Trauerschleier?«, fragte Hummel leise nach.

Gremmelsbacher nickte bedeutungsvoll. Die Frau war etwa sechzig Jahre alt und stand nur ein paar Meter weiter.

Hubertus warf Klaus einen Blick zu. Der verstand sofort: Er nickte und verabschiedete sich mit einem kurzen Händedruck von Frau Gremmelsbacher. Jetzt war er an der Reihe!

»Nochmals herzliches Beileid«, flüsterte er Berta Gremmelsbacher zu und näherte sich langsam der Exehefrau.

Hubertus bemühte sich weiter um die Haushälterin, obwohl sich der Dekan gerade vor dem Grab postierte. Gleich würde er die letzten Worte für den Verstorbenen sprechen.

»Sind denn irgendwelche anderen Verwandten da?«

»Er hät keine Verwandte mehr. Un jetzt lass mich bitte in Ruhe trauere, Hubertus.«

Gerade als Hummel überlegte, ob er der Haushälterin doch noch eine letzte Frage stellen sollte, hörte er ein lautes Klatschen. Und dann ein nicht minder lautes Schimpfen!

»Lassen Sie mich endlich in Ruhe!«, schrie die große Blonde den Hauptkommissar an. Dem war durch ihren gezielten Schlag mit der Handtasche die Brille vom Nasenbein gerutscht und zu Boden gefallen.

Die Frau schluchzte jetzt ungehemmt los. Müller kniete auf dem Boden und tastete nach seiner Brille – zu Füßen des entsetzt blickenden Dekans und nur wenige

Meter vom Sarg entfernt. Als der Hauptkommissar seine Brille zu fassen bekommen hatte, schlich er in geduckter Haltung davon.

Der Dekan fand seine Fassung wieder. Er schüttelte sanft den Kopf, machte aber sonst weiter kein Aufhebens um die Sache, sondern sagte nur mit sonorer Stimme: »Erde zu Erde, Asche zu Asche, Staub zu Staub.«

Dann wurde der Sarg abgelassen.

10. HELAU

Das Gymnasium am Romäusring lag am Rande der Villinger Innenstadt und bestand aus zwei miteinander verbundenen Bauten. Zuerst hatte es nur das klassische, etwas verschnörkelte Gebäude gegeben, das von außen an eine Lehranstalt des frühen 20. Jahrhunderts erinnerte. Da die Zahl der Gymnasiasten irgendwann überhandgenommen hatte, war der sogenannte Neubau hinzugekommen: schnörkellose, zweckmäßige Siebzigerjahre-Architektur aus grauem Beton. Ein gewöhnungsbedürftiger Gegensatz.

Als Hubertus Hummel an diesem Donnerstagmorgen die gläserne Eingangstür zum Neubau betrat, bemerkte er sofort, dass dies kein normaler Schultag war. Schon beim Hausmeisterkiosk hingen Girlanden. Beim Gang zur Treppe fühlte sich Hubertus an eine Geisterbahn erinnert. Nach wenigen Metern hatte ihn bereits die dritte Horrormaske angestarrt.

Hubertus ärgerte sich mehr, als dass er sich fürchtete.

»Das hier ist Fasnacht und nicht Halloween«, raunzte er einen Poltergeist an. Zu seiner Zeit hätte es solche amerikanisierten Feste nicht gegeben. Die Kleineren waren als Cowboys gegangen, aber sonst …

Eine rote, überdimensionale Pappnase, die sogar seine Mundpartie verdeckte, stellte die Verkleidung des Hausmeisters dar. »Narri«, grüßte der Mann mit dem blauen

Kittel aus seiner Kabine. »Narro«, erwiderte Hummel etwas tonlos und steuerte das Treppenhaus an.

Seine Stimmung ließ an diesem Morgen zu wünschen übrig. Martina, die noch bis Aschermittwoch bei ihren Eltern einquartiert bleiben wollte, weil ihr Lebensgefährte ohnehin rund um die Uhr unterwegs war, hatte wieder einmal fürchterlich schlecht geschlafen und beinahe stündlich die Toilette aufgesucht. Hummel hatte das um seinen ohnehin recht leichten Schlaf gebracht.

Übermüdet, wie er war, stand ihm der Sinn nicht nach einer Kostümierung. Irgendwie fühlte er sich aber doch verkleidet: Er trug ein graues Sakko, eine schwarze Hose und dazu eine von Elke handbemalte Seidenkrawatte mit dem Motiv der Villinger Münstertürme. Seine Kollegen beneideten ihn um dieses Versöhnungsgeschenk nach ihrer zwischenzeitlichen Trennung.

Ursache für Hubertus Hummels Aufzug war sein Chef, der ihn zu einem »ernsten Gespräch« gebeten hatte, ehe in der zweiten Stunde sein Unterricht beginnen würde. Der Direktor war eigentlich ein konziliianter Vorgesetzter, aber Hummel konnte diese offiziellen Termine nicht leiden. Und die Ankündigung »ernstes Gespräch« verhieß nichts Gutes.

Sollte er womöglich an eine andere Schule abgeordnet werden? Weg von Villingen? Nicht auszudenken!

Hummel klopfte pünktlich um sieben Uhr dreißig an die Tür des Sekretariats.

»Einen kleinen Moment noch, Herr Hummel«, meinte die Sekretärin und lächelte ihn an. Sie war mit einer Luftschlange um den Hals einen Fasnachtskompromiss eingegangen. »Der Chef telefoniert noch. Er ist gleich so weit!«

Hummel lief nervös den Gang auf und ab. Was konnte der Direktor an einem »Schmotzige Dunnschtig« nur von ihm wollen? Die Angelegenheit musste wohl wirklich dringend sein. Er senkte nachdenklich den Kopf, den Blick auf den PVC-Boden gerichtet.

»Schnipp, schnapp!«, machte es plötzlich.

Hummel erschrak. Ein spitzer, metallischer Gegenstand war auf seine Brust gerichtet.

Ein Mordanschlag!

Schon wenige Sekunden später war Hummel klar, dass er erstens unversehrt war. Zweitens war das Mordinstrument eine lange Papierschere. Und drittens gehörte die Hand, die das Mordwerkzeug führte, zu Carola Hübschen, der neuen Kollegin aus dem Rheinland. Viertens war nicht er das Opfer, sondern seine Krawatte.

»Helauuu«, rief die Kollegin und hielt ihm den traurigen abgeschnittenen Rest des von Elke liebevoll bemalten Stücks vors Gesicht.

»Heute is Weiberfasnacht!«, dröhnte es ihm entgegen.

Hubertus roch eine Sektfahne. Offenbar hatte sich die Kollegin schon am frühen Morgen in Stimmung gebracht. Auch die Clownsperücke, die sie sich übergezogen hatte, machte sie für Hummel nicht sympathischer.

Er blickte zunächst sprachlos auf die abgeschnittenen Münstertürme, dann zornig auf die Kollegin.

»Was soll das denn bitte?«

»Weiberfasnacht«, wiederholte die Kollegin in rheinischem Singsang. »Da schwingen die Weiber das Zepter und schneiden den Männern die Krawatten ab. Ich war schon ganz enttäuscht. Im Lehrerzimmer hatte keiner eine Krawatte an. Da wollte ich mal schauen, ob der Chef vielleicht …«

»Sie, Sie …« Hummel fehlten die Worte. »Sie mit Ihrem rheinischen Gedöns!«

Das Blut schoss ihm vor Zorn in den Kopf, sein Gesicht färbte sich rot. »Wir sind hier nicht in Köln, sondern in Villingen. Da gibt's keine Weiberfasnacht, da feiern wir eine traditionelle, ernsthafte Fasnet. Und heute ist, wenn überhaupt, Kinderfasnet. Und Krawattenmassakrieren gehört mit Sicherheit nicht zu unserer Tradition!«

Seine Stimme wurde immer lauter. Die Kollegin Hübschen war vollkommen sprachlos.

»Was ist denn hier los?« Der Direktor trat auf den Flur.

»Die Kollegin hat meine Krawatte ruiniert«, schimpfte Hummel und zeigte auf den Stummel, der noch um seinen Hals hing. Nur noch die Turmspitzen waren erkennbar. Wie sollte er das bloß Elke erklären?

»Ich fordere Schadenersatz von Ihnen!« Hubertus konnte sich kaum beruhigen.

»Aber Herr Hummel«, beschwichtigte ihn der Direktor, »das Krawattenabschneiden an Fasnacht ist doch mittlerweile sogar bis zu uns vorgedrungen. Sie können sich ja eine neue kaufen.«

Fassungslos schaute Hummel den Chef an. Der hatte ja keine Ahnung vom ideellen Wert des Stücks. Und eigentlich trug der Direktor sogar eine Mitschuld. Wie konnte er ihn auch am »Schmotzige« zu einer Besprechung einbestellen …

Hummel riss der Kollegin den abgeschnittenen Teil aus der Hand. Wenigstens die Beute sollte sie nicht behalten dürfen. Vielleicht könnte Elke das gute Stück ja wieder zusammennähen.

»Können wir dann?«, wandte er sich an den Direktor, sichtlich bemüht, seinen Ton zu mäßigen.

Der Chef nickte.

Nach der zweiten Tasse Kaffee hatte sich Hummel etwas beruhigt. Allerdings wurde er langsam ungeduldig. Schließlich war er nicht gekommen, um sich mit seinem Chef über die etwas zu forsche Kollegin, die Fasnacht und die neuen Vorgaben aus dem Kultusministerium zu unterhalten. Auch seine Auskunftsfreude über Martina, die ja offiziell noch Schülerin des Gymnasiums war, hielt sich in Grenzen.

»Jetzt noch was anderes«, setzte der Direktor endlich an. »Ich habe da einen Anruf erhalten. Und zwar vom Polizeipräsidenten persönlich.«

Hummel stellte die Kaffeetasse ab. Er konnte sich schon denken, was jetzt folgen würde.

»Er hat sich über Sie beschwert. Sie würden sich in die laufenden Ermittlungen bei diesem Fasnachtsmordfall einmischen. Wie hieß er doch gleich, der Tote?«

»Berger!«

»Richtig, Berger, dieser Bauunternehmer.« Der Direktor fingerte nervös am Unterteller seiner Kaffeetasse herum. »Ich kann Ihnen natürlich nicht vorschreiben, was Sie in Ihrer Freizeit tun. Aber es macht vielleicht keinen guten Eindruck, wenn ein Studienrat sich als ...« Der Direktor stockte.

»Als Schnüffler?«, half Hummel aus.

»Nein!«, beeilte sich der Chef zu betonen. »Im Städtle sind Sie für Ihre kriminalistische Betätigung ja mittlerweile schon beinahe berühmt. Ich habe auch prinzipiell nichts dagegen. Es ist ja keine bezahlte Nebentätigkeit …«

»Aber?«

»Aber als Lehrer haben Sie nun mal eine Vorbildfunktion. Und da schickt es sich nicht, auf fremde Grundstücke … hm …«

»Einzudringen?«

Der Direktor nickte erleichtert. »Nehmen Sie's nicht persönlich, Hummel, es ist ein gut gemeinter Rat. Kommen Sie halt der Polizei nicht zu sehr in die Quere.«

Noch ehe Hummel etwas erwidern konnte, wurde die Tür aufgerissen. Das riesige Schallstück einer Tuba kam auf sie zu, dann eine große Pauke und schließlich ein paar Schüler mit kleineren Blasinstrumenten. Alle trugen ein blauweißes Hemd mit roten Ringelsocken und Zipfelmütze. Sie gehörten zur Glonki-Gilde – einer überwiegend jungen, musikalischen und oft auch trinkfesten Fasnetgemeinschaft.

»Zwo, drei!«, zählte der Tubaspieler an.

»Z'Villinge i de Narrestadt«, grölten ein paar Mädchen den Villinger Fasnetklassiker und hakten sich bei Hummel und dem Direktor unter. »Kon Mensch ka' sich me' halte, und älles spritzt us'em Bett. Es singet die Junge und Alte, sogar die alt Babett!«

Auch die beiden Pädagogen sangen nun die erste Strophe mit und schunkelten dazu. Und zum ersten Mal an diesem Morgen musste sogar Hummel lächeln.

11. FASNETKÜSSE

Martina zupfte ungeduldig an ihrem gerüschten Nachthemd herum. Ihre Sommersprossen wirkten blass, und ihre sonst so strahlenden blauen Augen blickten traurig.

»Schmotzige Dunnschtig, und ich bin bettlägerig wie eine alte Frau«, beschwerte sie sich.

Hubertus setzte sich auf die Bettkante und strich ihr zärtlich über die Locken. »Aber Kleines, die Hebamme hat dir nun mal strikte Bettruhe verordnet. Jede weitere Anstrengung schadet unserem ... äh ... deinem Kind. Ich verspreche dir aber, dass ich nächstes Jahr auf den Kleinen aufpasse, wenn du auf die Gass' gehst.«

Martina runzelte die Stirn. »Woher willst du denn wissen, dass es ein Bub wird?«, fragte sie ihren Vater mit vorwurfsvollem Blick.

Verlegen nestelte Hubertus am Revers seines Gehrocks herum – ein Erbstück seines Großvaters, in das er sich eigens für diesen Tag gezwängt hatte.

»Na ja, das habe ich irgendwie im Gefühl. Außerdem hast du eindeutig einen spitz zulaufenden Bauch. Ein untrügliches Zeichen dafür, dass du dem Hause Hummel einen Stammhalter gebären wirst.«

»Moment!« Martina richtete sich mühsam auf. »Ich habe mit Didi zwar ausgemacht, dass ich meinen Namen auch nach unserer Heirat behalte. Aber er besteht darauf, dass wenigstens das Kind seinen Namen bekommt. Sonst, meint er, sei das Baby ja so gut wie vaterlos.«

»Was?«, rief Hummel empört. Er war nach dem Krawattenattentat nun schon das zweite Mal an diesem Tag so richtig in Rage. »Mein Enkel wird auf gar keinen Fall Bäuerle heißen. Das klingt doch furchtbar!«

Martina seufzte wieder. Mit Didi zu verhandeln war anstrengend genug. Dass sich jetzt aber auch noch ihr Vater in alles einmischen wollte ... Na ja, es war nicht anders zu erwarten gewesen. Am besten war es, gar nichts zu sagen und ihn beizeiten vor vollendete Tatsachen zu stellen.

Zum Glück klingelte es in diesem Moment an der Haustür. Hubertus stellte sich vor Martinas Wandspiegel und rückte den eleganten, aber für seinen rundlichen Schädel etwas zu kleinen Zylinder zurecht. Sein Gesicht war schon wieder rötlich gefärbt, und er nahm sich vor, sich nicht mehr so aufzuregen.

Sein Enkel brauchte ihn noch.

»Bist du sicher, dass ich euch ... dich mit deiner Mutter alleine lassen kann?«, wandte er sich wieder an Martina.

Die verdrehte die Augen. Was sollte diese Frage? »Ganz sicher.«

»Versprichst du mir, dass du dich nicht von der Stelle rührst?«

Martina leierte ein genervtes Ja.

»Und wenn etwas sein sollte, dann ...« Hubertus zeigte auf sein Handy, stockte aber, da Martina erneut mit den Augen rollte. Unten klingelte es schon wieder.

»Meine Güte!«, rief Hubertus, gab seiner Tochter einen flüchtigen Kuss auf die Stirn und stürzte die Treppe hinunter ins Erdgeschoss. Das dritte Klingeln.

»Elke, machst du bitte mal auf? Das wird Klaus sein«, rief Hubertus schnaufend.

Keine Antwort.

Als er an der offenen Wohnzimmertür vorbeikam, wusste er, warum seine Frau nicht öffnen konnte. Elke machte in einem engen, lilafarbenen Stretchanzug vor dem flackernden Kaminfeuer wieder mal eine ihrer Yoga-Verrenkungen. Sie hatte sich mit den Händen aus dem Lotussitz hochgestellt, die Beine hatte sie dabei um die Arme geschlungen, der Hintern schwebte nur wenige Zentimeter über dem Läufer. Sie sah aus wie ein nacktes Huhn beim Eierlegen – allerdings wie ein durchtrainiertes.

Aus den Boxen der Stereoanlage säuselte Meditationsmusik.

Elke machte ihre Yoga-Übungen und war weit entfernt von der Villinger Fasnet.

»Wie willst du eigentlich Martina helfen, wenn die Wehen einsetzen?«, schnaubte Hubertus. Doch Elke war wie in Trance und antwortete nicht.

Er lief zur Tür und öffnete. Klaus Riesle hatte sich wieder ein rotes Herz auf die Wange gemalt und das rotweiß geringelte T-Shirt übergestreift.

Bald darauf stellte Klaus Riesle den Wagen auf dem Lehrerparkplatz des Romäusring-Gymnasiums ab. Auf dem ganzen Hinweg war er damit beschäftigt gewesen, Hubertus davon zu überzeugen, dass Martina auch bei einer turnenden Elke in guten Händen war.

Noch bevor sie die Reste der Stadtmauer erreichten, drang ein lautes Getöse herüber: eine Mischung aus Gejohle, Getrommel und schräger Blasmusik. Die Stadt war bereits voller Menschen – Villingen im Fasnetfieber.

Doch das war nicht der Grund, dass sich die beiden ins Gewühl stürzten. Nein, Klaus hatte etwas organisiert. Er war bei Bergers Beerdigung noch länger geblieben, sogar bis zum Leichenschmaus. Dort war er um die blonde Lebensgefährtin von Berger herumscharwenzelt, hatte ein betroffenes Gesicht gemacht und ihr sein Beileid ausgesprochen. Dann hatte er ihr gesagt, wie unmöglich er Kommissar Müllers Verhalten am Grab gefunden habe, und schließlich von ihr erfahren, dass sie sich nach dem Tod ihres Lebensgefährten sehr einsam fühle, da sie hier fast niemanden kenne. Schließlich stamme sie aus Castrop-Rauxel und wolle in Kürze auch wieder dorthin zurückkehren – genauer gesagt nach der Fasnet, denn die wolle sie dem Verstorbenen zuliebe mitverfolgen.

»Hier hält mich nichts mehr«, hatte Isabella Schneider gesagt. Anderthalb Jahre sei sie mit Berger liiert gewesen, kennengelernt habe sie ihn auf einer Messe, auf der sie als Hostess gearbeitet habe.

Klaus konnte manchmal ungeheuer plump sein – aber oft zeigte gerade die Plumpheit eine erstaunliche Wirkung. »Sie können doch an Fasnet nicht ganz allein sein«, hatte er zu ihr gesagt. »Erlauben Sie mir, Sie zumindest am Donnerstagabend mitzunehmen. Keine Sorge: Ich habe einen Bekannten dabei, der demnächst Großvater wird und dem etwas Ablenkung ganz guttun wird.«

»Warum hat sie dem Müller bei der Beerdigung eigentlich mit der Handtasche eins übergebraten?«, fragte Hubertus, während sie vom Romäusturm in

Richtung Färberstraße schlitterten. Das alte, abschüssige Kopfsteinpflaster fand Hubertus zwar schön, es konnte bei eisigen Temperaturen aber tückisch sein.

»Weil Müller sie gefragt hat, ob sie eigentlich die Haupterbin sei.«

»Diesem Müller fehlt einfach das nötige Feingefühl«, stellte Hubertus fest.

»Hoffentlich rückt sie bei uns wenigstens mit ein paar nützlichen Informationen heraus«, sagte Klaus.

Bei Bergers Exfrau hatte sein Charme übrigens nicht gewirkt. Die hatte ihn bei der Beerdigungsgesellschaft nur böse angeguckt und geschwiegen. Riesle hatte dennoch beschlossen, sie vorübergehend von der Liste der Verdächtigen zu streichen. Warum sollte sie fast zehn Jahre nach der Trennung und ein Jahr nach der Scheidung ihren Exmann umbringen?

Isabella Schneider stand vor einem Irish Pub und winkte Klaus strahlend zu. Das wäre eigentlich gar nicht nötig gewesen, denn sie hatte sich ziemlich auffällig gekleidet. Trotz der eisigen Außentemperaturen hatte sie sich für ein tief ausgeschnittenes Kleid, hochhackige Schuhe und einen dünnen Mantel entschieden. Einzig eine um den Hals geschwungene Pelzstola schien für den Schwarzwälder Winter passend.

Für manche wäre es besser, wenn Fasnet im Hochsommer wäre, dachte Hubertus. Nach den tollen Tagen meldeten sich erstaunlich viele wegen Schnupfen, Husten und Heiserkeit krank. Manche hatten an Aschermittwoch natürlich auch aus ganz anderen Gründen einen dicken Kopf …

Nach ein paar Begrüßungsfloskeln hatten sie sich an die Theke der Kneipe vorgekämpft, die an diesem besonders ausgelassenen Abend nicht gerade nach Hubertus' Geschmack war. Von historischer Fasnet keine Spur. Die würde es erst am Montag und Dienstag geben. Heute war Kneipenfasnet – und die unterschied sich nur bedingt vom rheinischen Pendant.

Hummel dachte an seine Kollegin Carola Hübschen, die Krawattenabschneiderin. Sie hätte gut hier reingepasst. Die Leute tanzten, johlten, schrien und sangen – fast wie beim Karneval in Kölle.

Hubertus bemühte sich bereits zum dritten Mal um drei Pils, während Riesle sich um die blonde Isabella kümmerte.

»Gefällt's Ihnen?«, schrie er gegen die Stimmungsmusik an.

»Zehn nackte Friseusen!«, dröhnte es aus den Lautsprechern. Ballermann pur.

Sie nickte voller Begeisterung. »Sie wissen gar nicht, wie gut mir das jetzt tut.«

»Sagen Sie mir: Was war Herr Berger für ein Mensch?«

»Er war ein wunderbarer Mann. Konsequent, erfolgreich. Eben ein Mann mit Prinzipien«, sagte Isabella. »Und wissen Sie was? Er wollte mich heiraten!«

»Hat die Polizei eigentlich schon den Mörder gefasst?«, fragte Riesle, ohne eine Miene zu verziehen.

»Sie meinen wohl die Mörderin?«, brüllte die Blonde ihm ins Ohr. Ihre schrille Stimme verursachte bei ihm Trommelfellschmerzen.

»Wieso eine Mörderin?« Klaus stand nun ziemlich dicht am Dekolleté von Isabella Schneider, die gut einen halben Kopf größer war als er. Ihr süßliches Parfüm stieg ihm in die Nase. Dann legte sie die Hand um seine Schulter und führte wieder den Mund an sein Ohr.

»Na, das liegt doch auf der Hand. Wenn Sie mich fragen: Seine Exfrau ist die Mörderin. Er hat sich vergangenes Jahr von ihr scheiden lassen – meinetwegen. Zehn Jahre nach der Trennung von ihr und gegen ihren Willen.« Die Blonde nahm eine Packung Zigaretten aus ihrer Handtasche und zog eine heraus.

Riesle grabschte rasch nach dem Feuerzeug eines Glonkis, der ihn schwankend mit glasigen Augen anglotzte. Sprechen konnte er nicht mehr.

»Aber deshalb bringt man doch niemanden um!«, brüllte Riesle. Er musste sich fast auf die Zehenspitzen stellen, um Isabellas Ohr zu erreichen.

»Wenn es ums Geld geht, schon!«

Hubertus, der weiter als Laufbursche missbraucht wurde und die Getränke brachte, war fassungslos, was alles in die Frau hineinging. Sie schien beschlossen zu haben, es heute Abend so richtig krachen zu lassen.

»Durch die Scheidung ist ihr eine schöne Stange Geld entgangen. Es war wohl eine regelrechte Scheidungsschlacht – und sie fühlte sich von Heinrich übers Ohr gehauen.« Sie zwinkerte. »Nicht ganz zu Unrecht, denn Heinrich und sein Anwalt hatten einige Tricks auf Lager. Man hätte glatt glauben können, er sei ein armer Schlucker. Sein Auto hatte er beispielsweise auf mich überschrieben.«

»Wie heißt denn sein Anwalt?«, fragte Riesle neugierig.

»Dr. Bröse.«

Riesle nickte. Das würde Hubertus interessieren.

»Auf jeden Fall lebt die Ex jetzt in Rottweil, musste

nach der Scheidung in eine kleinere Wohnung umziehen und hat schon ein paar Mal geschworen, sich an ihm zu rächen – zuletzt vor vier Wochen.«

Riesle tastete sich vor: »Wo warst du denn, als der Mord geschah?« An der Fasnet war man schnell beim Du.

Die Blonde schien ihm die Frage nicht übel zu nehmen.

»In Castrop-Rauxel bei meinen Eltern. Ich bin erst am Samstag nach Donaueschingen in meine Wohnung zurückgekehrt. Als ich Heinrich den ganzen Samstag über telefonisch nicht erreicht habe, bin ich zu ihm gefahren – und dann sah ich das Polizeisiegel an der Tür.«

Sie brach in Tränen aus und ließ sich von Riesle in den Arm nehmen.

»Hat dich die Polizei schon befragt?«

Isabella schnäuzte sich. »Den plumpen Auftritt des Kommissars auf der Beerdigung hast du ja gesehen. Abends hat mich dieser Müller noch zu Hause aufgesucht. Als er gesagt hat, es werde aufgrund des Schlags mit der Handtasche eine Anzeige wegen Körperverletzung geben, habe ich ihn rausgeschmissen.«

»Alle Achtung!«, brüllte Riesle anerkennend. »Jetzt wird er dich aber erst recht verdächtigen, oder?«

Die Blonde schnäuzte sich wieder. »Ich weiß es nicht. Ihm war aber offenbar klar, dass der Mörder wegen der Wucht des Schlags ein Mann gewesen sein muss. Deshalb denke ich, dass seine Ex den Mörder beauftragt hat.«

Sie blickte Riesle in die Augen, während ihr Wimperntusche übers Gesicht lief. »Ich habe Heinrich so geliebt. Abgesehen davon wäre ich ja auch aus finanzieller Sicht dumm gewesen, ihn noch vor der Hochzeit umzubringen. Nach der Heirat wäre ich durch das Erbe ja einigermaßen reich gewesen, aber so?«

Wieder weinte Isabella, und Riesle war sich nicht ganz sicher, ob die Tränen jetzt nicht auch dem entgangenen Geld geschuldet waren.

Hubertus kam erneut vom Ausschank zurück. Er fluchte, denn beim Jonglieren der drei Pilstulpen wurde er immer wieder von allen Seiten geschubst. Die Schaumkronen waren bereits auf seinen Ärmeln und seinem Revers gelandet, während das ganze Lokal zu Wolfgang Petry »Hölle, Hölle, Hölle!« brüllte.

Nach einem kräftigen Schluck verabschiedete sich die Blonde auf die Toilette. Klaus brachte Hubertus auf den neuesten Stand. Seine Stimme war vom Schreien und der rauchigen Luft schon ganz heiser.

»Wir sollten das Lokal wechseln. Hier kann man sich nicht anständig unterhalten«, schlug Hubertus vor und leerte sein Glas in einem Zug. »Lass uns ins Bistro gehen.«

Klaus studierte den Ausschnitt von Isabella, die gerade – umhüllt von einer neuen Parfümwolke – zu ihnen zurückkehrte.

»Das ist wohl kaum das richtige Lokal für sie. Gehen wir ins Zähringer-Theater. Da treffen wir sicher auch Edelbert.«

Das Zähringer-Theater war das Refugium des gemeinsamen Freundes Edelbert Burgbacher, der dort als künstlerischer Leiter amtierte. Über die Fasnettage war das kleine Theater nahe des Kaiserturms im Herzen der Stadt noch voller als sonst: Statt Schauspielern agierten auf der Bühne lokale Musikgruppen. Dass man Burgbacher dort antreffen würde, war klar. Im Normalfall stand er mit einem Trollinger in der Hand an der Bar und betrachtete abwechselnd die Gruppen und die Gäste, vor allem natürlich die »Buben«. Burgbacher war nämlich schwul – und das ziemlich offen.

Doch erst mussten sie aus dem Pub herauskommen. Nach einer weiteren Runde Bier gelang es den dreien, sich nach draußen durchzuschlagen. Auch dort herrschte dichtes Gedränge. Trotz der eisigen Kälte scharten sich Menschentrauben um Musikgruppen – sie klatschten und johlten sich warm. Zu jeder anderen Jahreszeit wäre ein derartiges Schauspiel auf offener Straße undenkbar gewesen: Jetzt aber feierten die Leute ausgelassen unter freiem Himmel, hatten jede Hemmung abgelegt – und das zur kältesten Zeit des Jahres.

»Schmotzige Dunnschtig«, murmelte Hubertus vor sich hin. Der Tag hieß nicht etwa so, weil es auf den Straßen »schmutzig« zuging, sondern weil es an diesem Donnerstag überall Fettgebackenes gab. Schmotz war das alemannische Synonym für Fett.

Vor einem Gasthaus wenige Meter weiter waren ein paar Jugendliche aneinandergeraten. Scherben klirrten, heisere Kehlen brüllten – eine wilde Schlägerei war im Gange.

Hubertus hielt Klaus davon ab, einzugreifen, und war erleichtert, dass keiner seiner Schüler unter den Prügelknaben war.

Zumindest hatte er keinen erkannt.

Auch vor dem Zähringer-Theater scharten sich die bunt Kostümierten. Hubertus bahnte sich den Weg in den völlig überhitzten Vorstellungsraum. Auf der Bühne sangen gerade die legendären Dörr-Brüder »Als Glonki bisch halt frei«.

Zusammen mit den anderen grölte Hubertus – der ja erklärtermaßen kein Glonki, sondern ein Narro war – begeistert mit. Bei den Dörr-Brüdern machte er eine Ausnahme.

Er, Klaus und Isabella postierten sich am Rand. Hubertus überließ die Befragung weiter seinem Freund, der gut voranzukommen schien. Derweil beobachtete er das Kondenswasser, das die Fensterscheiben herunterlief, und die Gruppen, die das Publikum mit derben Sprüchen und in Villinger Mundart unterhielten.

Dann ließ er den Blick über die Köpfe schweifen. Den kahlen, glänzend polierten Schädel am anderen Ende des Raumes kannte er ebenso gut wie den Vollbart, den Künstlerschal und das Trollinger-Glas. Edelbert Burgbacher!

Von seinem Gesicht war jedoch nichts zu erkennen, weil er es gerade im Ausschnitt einer gelockten, ziemlich gut gebauten Brünetten begraben hatte. Hubertus war verstört.

Für einen kurzen Augenblick wandte der Glatzkopf sein Gesicht zur Bühne. Tatsächlich: Das war eindeutig Edelbert. Er sollte wirklich mit dem Saufen aufhören, fand Hubertus.

Für einen Moment wusste er nicht, ob er sich über die Kuriosität der Szene amüsieren oder sich darüber ärgern sollte, dass der fasnachtliche Sittenverfall offenbar auch nicht vor dem homosexuellen Teil der Bevölkerung haltmachte.

Er wollte sich an Klaus wenden, um ihm die Neuigkeit zu berichten, doch der war bei Isabella Schneider in einer vergleichbaren Lage gelandet wie Edelbert. Bis auf Weiteres war mit ihm offenbar nicht mehr zu reden.

Hubertus war bedient. Unschlüssig stand er herum. Als Riesle die Blonde schließlich losließ, Hummel verschwörerisch auf die Schulter klopfte und nach draußen zur Toilette ging, bedachte sie Hubertus mit einem glasigen Blick und sagte: »Ein netter und verständnisvoller Mann, Ihr Freund. Wissen Sie, ich muss mich irgendwie ablenken. Das ist eine ps ... psch ... psychische Sache. Denken Sie bitte nicht, ich wäre so eine, die ...«

Hubertus hörte schon nicht mehr hin. Er dachte an Kerstin, Klaus Riesles Freundin. Was würde sie wohl sagen, wenn sie von Klaus' Aktion mit Isabella erfuhr? Mit ihr war in solchen Dingen bestimmt nicht zu spaßen. Vermutlich würde Kerstin die Sache gar nicht mitbekommen. Von Hubertus jedenfalls würde sie nichts erfahren. Aber er würde Klaus ins Gewissen reden, beschloss er, und das nicht zu knapp.

Hummel kam sich allmählich vor, als wäre er der einzige Mensch in der ganzen Doppelstadt, der auf moralischen Prinzipien beharrte und an Fasnet nicht fremde Frauen anmachte und sich danebenbenahm.

Jetzt wollte er nur noch nach Hause. Er stieß ein paar Angetrunkene beiseite, schob sich zum Ausgang und stand endlich vor dem Gebäude. Seine Ohren dröhnten in der Stille.

Er richtete den Blick auf den sternenklaren Himmel und atmete tief durch.

Auf dem Heimweg zog er sein Handy aus der Innentasche des Gehrocks und schrieb eine Anklage-SMS an Klaus: »Du bist genauso chrktl wie die anderen. Knutschst mit der Blonden rum, statt zu rchch! Huby«

Für die Wörter »charakterlos« und »recherchieren« hatte er keinen Nerv und keine zielsicheren Finger mehr, obwohl er als Deutschlehrer sonst stets darauf bestand, dass man »als zivilisierter Mensch« auch eine SMS in fehlerfreier deutscher Sprache verfasste. Dann drückte er auf »Senden«.

12. KOPFWEH UND HERZSCHMERZ

Für Klaus begann der Freitag schlecht – sehr schlecht. Als er in der Schwenninger Wohnung seiner Freundin Kerstin aufwachte, spürte er eine leichte Übelkeit und schlimme Kopfschmerzen. In seinem Kopf hämmerte es, als wolle ihn sein Gewissen abstrafen.

Zu allem Überfluss stand Kerstin vor seinem Bett und sagte wutentbrannt ein einziges Wort zu ihm: »Raus!«

Klaus schaute seine Freundin aus schmalen Augen an und blickte dann verstohlen auf den Digitalwecker. Es war sieben Uhr einundzwanzig.

»Raus!«, rief Kerstin. »Du hast mich betrogen!«

Riesle war völlig überrumpelt. In seinem Kopf überschlugen sich die Gedanken. Dann versuchte er, ein paar Sekunden lang Ordnung in seinem Gehirn zu schaffen. Der gestrige Abend in Villingen. Die vielen Biere und die Cocktails. Die Musikgruppen im Zähringer-Theater. Der Fall, den es zu lösen galt. Und Isabella ...

Wie war er nur nach Hause gekommen?

»Raus!«

Kerstin schien richtig wütend zu sein, und Klaus beschloss, ihrer Aufforderung besser Folge zu leisten.

Nur mit einer gepunkteten Unterhose bekleidet stand er vor dem Doppelbett und betrachtete Kerstin. Sie schien geweint zu haben und hatte mit dem »Raus« offenbar nicht nur das Bett gemeint.

»Raus!«, rief sie erneut.

»Schatz, was ist denn ...?«, fragte Klaus, in dem nun sämtliche Alarmglocken schrillten.

Kerstin wurde ruhiger – allerdings nicht so, wie Klaus es sich erhofft hatte. Sie wurde gefährlich ruhig.

»Du hast mich betrogen«, wiederholte sie ganz sachlich, als spräche sie mit einem ihrer Schüler, der sitzen bleiben musste – wenn sie auch den Inhalt ganz sicher noch nie zu einem ihrer Zöglinge gesagt hatte. »Du weißt, dass ich so etwas nicht mit mir machen lasse. Deshalb bitte ich dich, meine Wohnung zu verlassen – denn auch wenn du hier wohnst, gehört sie immer noch mir. Ich habe dir schon einen Koffer mit dem Notwendigsten gepackt. Hier!«

Klaus kam immer noch nicht ganz mit. Hatte eine Bekannte von Kerstin ihn und die Blonde im Theater gesehen?

Und »betrogen« war doch wohl stark übertrieben ...

Kerstin zog Klaus' Handy aus der Hosentasche. »Das hier hast du gestern bei mir liegen lassen, als du dich ... amüsieren gegangen bist.«

Sie reichte Klaus das silberfarbene Mobiltelefon, auf dem eine Kurzmitteilung zu lesen war.

Verdammt. Hubertus!

Klaus kannte Kerstin gut genug, um zu wissen, dass seine ganzen Beteuerungen im Moment sinnlos waren. Natürlich versuchte er es trotzdem: »Es waren ein oder zwei Küsse, Kerstin – nicht mehr. Ich liebe dich und würde unsere Beziehung niemals aufs Spiel setzen. Außerdem ist doch Fasnet ...«

Ob es wirklich bei zwei Küssen geblieben war, wusste er allerdings selbst nicht mehr so genau. Das Argument mit der Fasnet war wenig überzeugend, wie Klaus nun feststellen musste. Kerstins Stimme wurde schneidender. »Raus!«, rief sie wieder und setzte noch einen drauf: »Deinen Schlüssel für diese Wohnung habe ich schon heute Nacht an mich genommen.«

Was sie nicht erwähnt hatte: Auch von einigen seiner Kleidungsstücke hatte sie sich getrennt. Sie hatte sie kurzerhand aus dem Fenster geworfen, nachdem sie die SMS erhalten hatte. Danach hatte sie geweint, sich betrunken und war schließlich eingeschlafen.

Schweigend verließ Klaus Kerstins Wohnung.

Nicht für immer, dessen war er sich sicher.

Er ging in den Garten, sammelte dort sein zitronengelbes Sakko, zwei Hosen, ein T-Shirt und drei Hemden ein, die alle nicht sehr gut aussahen, weil Kerstin sie mit Rotwein übergossen hatte. Dann setzte er sich in seinen Wagen, den er in der Nacht anscheinend trotz seines angetrunkenen Zustands an den Polizeikontrollen vorbei nach Schwenningen gelenkt hatte, und brauste in Richtung Villingen. Es tat ihm zwar leid für Martina, dass er nun die Familie Hummel wecken musste, aber in diesem Fall gab es kein Pardon.

Hubertus, der alte Verräter!

0,92 Promille zeigte der Alkomat der Polizisten, die an der Ortseinfahrt Villingen auf verspätete alkoholisierte Fasnetsfreunde warteten. Kurz vor Dienstschluss noch einen erwischt! Die Beamten schienen sich zu freuen.

Während Klaus im VW-Bus der Polizisten saß, die er leider überhaupt nicht kannte, sodass über die kumpelhafte Ebene nichts zu machen war, rechnete er sich aus: Innerhalb einer Stunde, so hatte er bei einer Reportage mal erfahren, baute der Körper etwa 0,1 Promille ab.

Als er um Mitternacht mit dem Trinken aufgehört hatte, musste er also bei 1,72 Promille gelegen haben. Es war nur ein schwacher Trost, dass sie ihn nicht auf der Heimfahrt erwischt hatten.

Ehe Klaus zum Handy griff, zog er eine kurze Bilanz der vorangegangenen Stunde: Er hatte erst seine Freundin und dann seinen Führerschein verloren. Und wer hatte ihm das Ganze eingebrockt?

Hubertus!

»Hummel«, meldete sich nach dem sechsten Klingeln eine verschlafene Stimme. Wenigstens war gleich der Richtige dran.

»Hol mich ab!«, sagte Klaus barsch und ohne weitere Erläuterungen. »Es ist dringend. Ich bin meinen Führerschein los. Am Wieselsberg bei der Tankstelle.«

Er drückte die Verbindung weg und warf einen Blick auf den aktuellen Preis für einen Liter Super bleifrei. Vielleicht war es aus Kostengründen ohnehin besser, mal eine Weile nicht Auto fahren zu müssen. Aber ob sein Redaktionsleiter diesem Argument zugänglich sein würde?

Als Hummel fünfundzwanzig Minuten später auftauchte, überschütteten sich die beiden mit Vorwürfen.

»Ich bin sehr enttäuscht von dir. Du hast Kerstin betrogen«, sagte Hubertus, als sich Klaus neben ihn auf den Beifahrersitz fallen ließ.

»Hör mal zu, du Idiot«, konterte der. »Ich habe recherchiert und dabei etwas geflirtet. Wenn du mir nicht diese schwachsinnige Kurzmitteilung geschickt hättest, dann wäre ich jetzt nicht meine Frau und meinen Führerschein los und würde schön gemütlich im Bett liegen.«

Das wollte Hummel nicht auf sich sitzen lassen. »Das ist doch deine eigene Schuld! Du hast mit einer fremden Frau rumgeknutscht. Das finde ich sehr enttäuschend. Ich würde Elke so etwas nie …«

»Ich habe sie doch nur aus-ge-horcht«, wiederholte Klaus.

Doch Hubertus war noch nicht fertig. »Und alkoholisiert Auto zu fahren ist hochgradig gefährlich. Stell dir vor, du überfährst jemanden!«

Klaus Riesle knurrte, dann entlud sich seine Anspannung in einem Schrei. Nach diesem verdammten Schlamassel hatte ihm ein Freund, der den moralisierenden Lehrer gab, gerade noch gefehlt. Er riss die Autotür auf und knallte sie hinter sich zu. Nach ein paar Schritten fiel ihm ein, dass er ohne Hubertus ziemlich verloren sein würde. Er öffnete die Tür des Wagens wieder, nahm erneut auf dem Beifahrersitz Platz und sagte ruhig: »Hast du noch Interesse an der Aufklärung des Mordes?«

Hubertus hätte Klaus zwar gerne vorgeworfen, dass es für seine Tochter und seinen Enkel sehr schädlich sei, so früh per Telefon geweckt zu werden, aber er merkte, dass er sich nun zurückhalten musste. »Klar«, sagte er versöhnlich.

»Also, die Exfrau scheint mir schon etwas verdächtig«, meinte Klaus.

»Na ja, aber fast ein Jahr nach der Scheidung und zehn Jahre nach der Trennung …?«

»Den Mord als solchen kann eine Frau wohl kaum begangen haben. Und was hat das alles mit der Animosität zwischen Villinger und Schwenninger Narren zu tun – und was mit diesen Elzacher Schneckenhäuschen?«, fuhr Klaus fort.

Nun waren sie schon fast wieder ein Team.

»Da gibt's nur eines«, erklärte Hubertus, der mittlerweile fleißig recherchiert hatte. »Wir gehen am Sonntagnachmittag zum Schwenninger Umzug – und danach zum Elzacher. In Schwenningen treffen wir uns mit Graf Zahl. Das ist ein Lehrerkollege vom Wirtschaftsgymnasium. Er ist ein echter Spezialist für die Villinger und die Schwenninger Fasnet – und kannte wohl auch den Berger. Und er kann uns einen Kontakt zu Helmut Gerbert vermitteln, der ähnlich puristisch ist wie der Berger.«

»Warum heißt dein Kollege Graf Zahl?«, fragte Klaus.

»Du weißt schon, die Figur aus der Sesamstraße. Er ist Mathelehrer und begeisterter Rätselfreund. Hat wohl sehr früh beide Eltern verloren – den Humor aber nicht.«

»Dann könnte er ja auch der Richtige für diese Botschaften sein, die am Leichenfundort und bei Berger hinterlassen wurden«, meinte Klaus.

Hubertus nickte zufrieden. »Habe ich mir auch schon gedacht.«

Er fuhr fort, seinem Freund den Plan zu erklären, den er in den letzten beiden annähernd schlaflosen Nächten ausgetüftelt hatte – in den Pausen, in denen er darauf wartete, dass sich Martina wieder zur Toilette begab.

Von Graf Zahl hatte er Klaus schon gestern erzählen wollen, er war allerdings aus den bekannten blonden Gründen nicht dazu gekommen.

»In Elzach suchen wir den Schuttig, dem mehrere Schneckenhäuschen fehlen«, erklärte er.

»Aber du musst fahren«, wandte Klaus mit einem schiefen Grinsen ein.

Hubertus nickte. »Und zwar zuerst zu mir – wir haben uns ein Frühstück verdient.« Dann hielt er inne: »Und du warst ganz sicher nicht mit dieser Isabella im Bett?«

Klaus schüttelte den Kopf.

Hubertus gab Gas. Auch wenn er über Handy erreichbar gewesen war: Es war höchste Zeit, nach Martina zu sehen. Schließlich war er schon über eine halbe Stunde weg gewesen. Wie sollte das nur die nächsten Tage werden?

Klaus plante zunächst einmal den heutigen Tag: Er würde vom Büro aus bei Kerstin anrufen. Wenn es sein musste, auch mehrmals – Hauptsache, er konnte mit ihr reden und ihr erklären, was in der letzten Nacht vorgefallen war. Soweit er es selbst rekonstruieren konnte ...

Leider blieben seine insgesamt vierundzwanzig Versuche alle erfolglos. Aber immerhin wusste Klaus am Ende des Tages wenigstens oberflächlich Bescheid über die Schwenninger Fasnet. Er hatte ausführlich mit seinem Schwenninger Kollegen Bernd Bieralf telefoniert und im Internet recherchiert. Auf seine eigentliche Arbeit als Journalist beim *Schwarzwälder Kurier* wurde er allerdings erst aufmerksam, als der Chef vom Dienst bei ihm anrief und mit Nachdruck die Seite »Villingen Umland« einforderte.

Im Verlauf des Samstags brachte es Riesle sogar auf siebenunddreißig Anrufe. »Dies ist der Anrufbeantworter von Kerstin Zehnle und Klaus Riesle«, hörte er sich selbst immer wieder. »Sie wissen, wie's geht.«

Ja, wusste er. Doch nachdem er zum sechsten Mal auf das Gerät gesprochen hatte, ging ihm sein eigener weinerlicher Tonfall auf den Geist, mit dem er immer wieder »Kerstin, ich weiß, dass du da bist. Geh ran. Bitte!« als Nachricht hinterließ.

Oft hatte sich Klaus über die Männer in Kerstins Lehrer-Bekanntenkreis mokiert. »Kerstin, ich habe derzeit ein Problem mit meiner Rolle als Mann in dieser Gesellschaft«, hatte sich mal einer bei ihr ausgeweint.

Seitdem hatte sich Klaus in schöner Regelmäßigkeit über die »Warmduscher«, »Sitzpinkler« und »Doppelnamen-Träger« lustig gemacht, die aus Solidarität mit den Frauen am liebsten selbst Menstruationsbeschwerden bekommen hätten. Nun fühlte er sich selbst mutlos, schwach – und ziemlich unmännlich.

Hummel war in den beiden Tagen erfolgreicher gewesen. Er hatte bei seinem Vater ein Narrohäs für Klaus aufgetrieben, obwohl sein Kumpel eigentlich gar keinen besonderen Wert darauf gelegt hatte. Außerdem hatte er die gestärkten Faltkragen in der Wäscherei abgeholt und weitere Vorbereitungen für den »Fasnetmentig« und »Fasnetzischtig« getroffen – bis hin zur Mehlsuppe, die es traditionell am frühen Montag geben sollte.

Fast halbstündlich hatte er in Martinas Zimmer nach dem Rechten gesehen und nebenher noch Klaus beruhigt. Der wohnte jetzt vorübergehend in Hummels Arbeitsraum im Keller – dem von ihm so getauften »Lehrerzimmer«.

Ehe Hubertus sich um einen Anruf bei Graf Zahl

kümmern konnte, hatte sich dieser schon bei ihm gemeldet und sich erkundigt, ob er als »stadtbekannter Spitzendetektiv« auch an diesem Fall dran sei. Hubertus sah dem Treffen mit Spannung entgegen, auch wenn ihn der schräge Humor des Lehrerkollegen mitunter überforderte. Fasnetexperte war er auf jeden Fall. Und solange sich der potenzielle Schwiegersohn wegen seiner zahlreichen Verpflichtungen mehr bei seinen Narren als bei der hochschwangeren Freundin aufhielt, wollte auch Hummel nicht auf ihn zurückgreifen. Zahl würde sich mindestens so gut auskennen. Hummel freute sich schon diebisch darauf, Didi Bäuerle irgendwann mit intimen Kenntnissen aus der Narrozunft verblüffen zu können.

13. GRAF ZAHL

Klaus hatte wieder dieses nervöse Gefühl in der Magengrube, als er am Sonntagmittag mit Hubertus in Richtung Schwenninger Muslenplatz marschierte. Es verfolgte ihn, seit Kerstin mit ihm Schluss gemacht hatte. Doch jetzt wurde aus dem Gefühl ein Zwicken, denn sie befanden sich nur ein paar Schritte von Kerstins Wohnung entfernt.

Ob sie jetzt wohl zu Hause war?

Am liebsten wäre er in die Wohnung gestürmt und vor Kerstin auf die Knie gefallen, hätte sie um Verzeihung gebeten und ihr bei dieser Gelegenheit gleich einen Heiratsantrag gemacht.

Einen Schlüssel zur Wohnung hatte er nicht mehr.

Dann würde er eben klingeln müssen …

»Wir können doch wenigstens mal schauen, ob sie zu Hause ist«, jammerte Klaus zum wiederholten Mal, während Hubertus ihnen den Weg durch die bunt kostümierte Menge bahnte. Die Schwenninger Narren hatten auf dem weitläufigen Muslenplatz am »Fasnetsamschtig« einen Narrenbaum aufgestellt.

»Lass es, Klaus«, ermahnte Hubertus seinen Freund. »Sie will dich im Moment einfach nicht sehen. Gib ihr etwas Zeit.«

»Pah! Sie ist halt verwirrt und weiß nicht, was richtig für sie ist: nämlich ich!«

Dann legte er sich die Hand auf den Bauch. Aus dem

Zwicken wurde allmählich ein Stechen. Außerdem stieg ihm von einer dicht belagerten Bude der Geruch von gebratenen Würstchen in die Nase.

»Willst du eine Wurst?«, fragte Hubertus grinsend. »Ich geb dir eine aus! Du brauchst doch endlich was zu beißen.«

Doch Klaus verzog angeekelt das Gesicht und schüttelte den Kopf. Hätte er nicht schon seit zwei Tagen gehungert – er hätte sich wohl augenblicklich auf dem Pflaster des Schwenninger Hauptplatzes übergeben müssen.

Zum Glück entschied sich auch Hubertus gegen die fettige Rote und kaufte sich stattdessen ein »Fasnetküchle«.

Als sie unter dem Eingang der Stadtbücherei standen, hatte Hubertus immer noch den Puderzucker des fettgebackenen Teilchens an den Mundwinkeln kleben. Klaus konnte ihn darauf nicht aufmerksam machen, weil er intensiv nach Kerstin Ausschau hielt. Er stellte sich immer wieder auf die Zehenspitzen und reckte den Kopf nach oben. Kurz überlegte er, ob er die Umzugsstrecke ablaufen sollte. Doch unter den schätzungsweise fünfundzwanzigtausend Besuchern würde er sie wohl kaum finden.

»Da!«, rief Hubertus plötzlich.

»Kerstin?«

»Nicht Kerstin. Kannst du an gar nichts anderes mehr denken? Da steht Graf Zahl«, antwortete Hubertus etwas zu schroff. An einem Glühweinstand auf der anderen Seite der Umzugsstrecke wärmte sich Andreas Moser gerade die Hände an einer Tasse Punsch. So hieß der hoch aufgeschossene Mann mit bürgerlichem Namen.

Hubertus zog Klaus an seinem etliche Nummern zu großen blauen Fuhrmannskittel, den er seinem Freund zur Verfügung gestellt hatte, über die Straße, was nicht einfach war. Gerade marschierte die Musikkapelle der Schwenninger Harmonie vorbei. Fast hätte Hubertus den Schlegel abbekommen, mit dem der gut drei Zentner schwere Paukenspieler kräftig zum Schlag ausholte. Unter den einsetzenden »Narri Narro«-Rufen und einigen Slalommanövern erreichten sie endlich den Stand.

Zahl nickte Hubertus nur kurz zu. Die kleinen Augen hinter den randlosen Brillengläsern verrieten eine Mischung aus Ironie und Sarkasmus. Der Kollege war für seine spitze Zunge bekannt. Seine Feder im Villinger, gelegentlich aber auch im Schwenninger Narrenblättle war gefürchtet. Im Heimat- und Geschichtsverein hatte er sich nicht zuletzt als Fasnachtsexperte einen Namen gemacht. Er galt als ungleich moderater als der Berger und war in der Villinger Narrozunft respektiert, obgleich er in Schwenningen wohnte, was für den einen oder anderen einem Sakrileg gleichkam.

»Hubertus Hummel! Auf dem Schädel wird's rarer, an den Hüften umso üppiger. Die Kilos, die du dazugewonnen hast, fehlen mir«, rief Graf Zahl amüsiert aus.

Hubertus grinste gequält. Solche Sprüche konnte er nicht leiden, aber die gehörten bei dem Kollegen einfach dazu. Und in diesem Fall hatte er sogar recht.

»Was sagst du zu dem Mord an Berger?«, fiel Hubertus mit der Tür ins Haus.

»Hm, Berger. Eine wirklich rätselhafte Geschichte. In der Zunft reden sie pausenlos darüber. Abgelegt wie ein

Stück Vieh am Schwenninger Narrenbrunnen. Habt ihr Stardetektive den Fall denn noch nicht aufgeklärt?«

Gerade setzte die Musikkapelle mit dem Refrain des Schwenninger Narrenmarsches ein: »Hoorig, hoorig, hoorig isch die Katz«, sang Graf Zahl lauthals mit und beobachtete dabei das Treiben.

»Klong, klong«, dröhnte es jetzt immer wieder vom Umzug herüber. Die Schwenninger Narren setzten unter dem Beifall der Zuschauer gerade zu ihrem Sprung an und brachten ihr Gschell zum Klingen. Dazu ließen sie das Uhrenpendel schwingen – eine Reminiszenz an die einstmals blühende Uhrenindustrie der Stadt.

Auch wenn Hubertus Villinger war und niemals in das Häs der Schwenninger Hansel geschlüpft wäre, gefielen ihm das freundliche Lächeln der Lindenholzschemen, das farbenfrohe Häs und der Gleichklang, mit dem die Narren in zwei Reihen von einem Bein auf das andere sprangen.

»Nein, wir sind von der Lösung noch ein Stückchen entfernt«, bedauerte er. »Du kennst dich doch auch gut in Schwenningen aus, oder? Könnte das etwas mit der Rivalität der beiden Narrenzünfte zu tun haben? Schließlich hat sich Berger mit den Schwenningern angelegt.«

»Eigentlich sind die Zünfte mittlerweile fast befreundet. Zumindest waren sie das bis letzte Woche.« Graf Zahl leerte seinen Becher in einem Zug. »Weil ein toter Narro beim Schwenninger Narrenbrunnen lag, haben jetzt einige Zunftmitglieder in der letzten Sitzung gefordert, dass die Schwenninger beim Dienstagsumzug nicht mitlaufen dürfen.«

»Hat man denn in der Villinger Narrozunft einen

Verdacht geäußert, wer Berger …« Klaus stockte kurz. »… wer für Bergers Ableben gesorgt haben könnte?«

»Nein, das heißt …« Zahl schien zu überlegen und sagte dann: »Der Gerbert hatte mit dem Berger ein paar Meinungsverschiedenheiten. Es gab einen Streit um die Authentizität der Schwenninger Fasnet.«

»Und traust du dem Gerbert so eine Tat zu?«, fragte Hubertus.

»Ziemlich sicher nicht. Aber fragt ihn doch selber!«

»Und wo finden wir ihn?«, fragte Klaus.

»Dort drüben ist er!« Graf Zahl deutete mit dem Arm auf eine winkende Fasnetfigur, die gerade die Umzugsstrecke passierte. Es war der Hölzlekönig mit einem blauweißen Häs, einem braunen Umhang und einer grimmig aussehenden Maske. Auf der Haube trug er die Miniaturausgabe einer Tanne. Sie symbolisierte die einst höchste Tanne Deutschlands, die zwischen Villingen und Schwenningen stand.

Klaus wollte die Figur ansteuern, doch Graf Zahl hielt ihn am Ärmel seines Kittels zurück. Dann richtete er seine Augen wieder auf Hubertus.

»Dein Freund hat wohl nicht viel Ahnung von Fasnet, wie? Gerbert steckt heute immerhin in der Figur des Schirmherrn der Schwenninger Fasnet, was eine ganz besondere Ehre ist. Der hat sicher keine Zeit für euch. Außerdem gehe ich davon aus, dass die Polizei Gerberts Alibi schon überprüft hat. Dass er und Berger sich nicht mochten, dürfte sich bis zu denen herumgesprochen haben.«

»Klaus ist nicht von hier«, antwortete Hubertus etwas verlegen und erntete einen bösen Blick von seinem Freund. Das war glatt gelogen, denn er war sogar gebürtiger Villinger. Klaus Riesle kannte sich gut in der doppelstädtischen Sportszene aus, wusste immer über das aktuelle Geschehen Bescheid und konnte sogar den Haushaltsplan der hoch verschuldeten Stadt lesen. Aber mit der Fasnet hatte er eben nur bedingt etwas am Hut. Doch wer da nicht Feuer und Flamme war, wurde von den Zunftmitgliedern wie ein Aussätziger behandelt.

Dennoch wusste er Graf Zahls Humor zu nehmen. »Mit Fasnet kenne ich mich schon aus«, konterte er, »aber seit wann ist das, was ihr Schwenninger hier treibt, Fasnet?«

Zahl grinste anerkennend. Diese Frotzeleien waren genau sein Ding. Er wollte gerade etwas entgegnen, da mischte sich Hummel wieder ein: »Sag mal, wie gut kanntest du den Heinrich Berger?«

»Eigentlich nur flüchtig«, entgegnete Graf Zahl. »Man hat sich bei den Bällen und den Hauptversammlungen der Narrozunft gesehen, vielleicht mal bei einem Schemen- oder Brauchtumsabend und natürlich in einem der Narrostüble an Fasnet. Dieses Jahr allerdings nicht, der Berger hat ja sein letztes Fasnetschorle getrunken.« Zahls Blick wirkte wieder leicht spöttisch.

Hubertus überlegte: Eigentlich schaute der Kollege immer so, es lag wohl an den Augen.

»Hast du sonst etwas über ihn gehört? Was erzählt man sich noch in der Zunft?«, hakte er nach.

»Das müsste dein potenzieller Schwiegersohn doch mindestens genauso gut wissen wie ich?«

»Der ist bis Aschermittwoch unansprechbar und wird wahrscheinlich auch die Geburt seines Kindes verpassen«, antwortete Hubertus verdrießlich.

»Bäuerle ist eben ein hundertprozentiger Narro – wie

unser Freund Berger«, meinte Zahl. »In der Narrozunft wird natürlich viel geschwätzt.«

»Und was zum Beispiel?« Hubertus ließ nicht locker.

Graf Zahl zögerte einen Moment und beobachtete die Fuchsschwänze der Schwenninger Hansel, die beim Narrensprung auf und ab wippten.

»Na ja, ein Teil der Villinger geht natürlich davon aus, dass ein Schwenninger wie Gerbert der Mörder sei. Ist ja Wasser auf die Mühlen von so manchem ... Aber darüber hinaus gibt es in der Villinger und offenbar auch in der Schwenninger Zunft dasselbe Gerücht. Man erzählt sich, dass die Haushälterin etwas mit dem Tod von Berger zu tun haben soll.« Graf Zahl zögerte einen Augenblick. »Cherchez la femme – ihr wisst schon.«

Klaus schaute überrascht, Hubertus fast schon empört.

Noch ehe Graf Zahl weiterreden konnte, rief er: »Berta Gremmelsbacher? Nie und nimmer! Die ist doch schon fast siebzig und eine Seele von Mensch. Meine Mutter kennt die gut. Berta ist eine einfache, rechtschaffene Frau.« Immer dieser blöde Tratsch im Städtle!

»Ich sag ja, das ist nur Geschwätz«, wehrte Graf Zahl ab. »Die Polizei scheint aber wohl auch in diese Richtung zu ermitteln – frag mich nicht, warum.«

»Im Übrigen«, fuhr Hubertus verärgert fort. »Wie soll denn Frau Gremmelsbacher bitte schön den mindestens achtzig Kilogramm schweren Berger erschlagen und dann mitsamt seinem Narrohäs nach Schwenningen verfrachtet haben? Die kommt doch schon rein körperlich nicht als Mörderin infrage. Und wieso soll sie dem Berger überhaupt nach dem Leben getrachtet haben?«

»Na ja, die Gerüchte sind ja nicht auf meinem Mist gewachsen. Aber in den Zünften wird über Frau Gremmelsbachers Sohn geredet. Der soll angeblich arbeitslos und verschuldet sein.«

»Und welchen Reim hat man sich darauf gemacht?«, unterbrach Hubertus seinen Lehrerkollegen.

»Es wird gemunkelt, dass der Berger die Gremmelsbacher mit einem netten Sümmchen im Testament bedacht haben soll. Berger wollte aber wohl seine neue Lebensgefährtin heiraten, womit das Testament geändert worden wäre. Wenn das stimmt, musste der junge Gremmelsbacher jetzt wohl handeln und vor der Hochzeit zuschlagen. Und da er das Geld angeblich dringend brauchte ...«

»Und was weißt du noch über diesen Sohn?«, erkundigte sich Hubertus.

»Nicht viel«, antwortete Graf Zahl, »nur dass er Thomas heißt und in Elzach wohnt. Er soll wohl dort auch in der Narrenzunft aktiv sein. Falls ihr ihn treffen wollt – der ist heute Abend dort sicher als Schuttig unterwegs ...«

Was Graf Zahl dann noch sagte, hörte Hubertus schon nicht mehr. In seinem Kopf arbeitete es: Elzach, Schuttig, Dreispitzhut mit Schneckenhäuschen. Davon hatte die Polizei doch einige Exemplare am Tatort gefunden. Aber dann hätte Gremmelsbachers Sohn Berger in einem Schuttighäs erschlagen. Und wieso das? Um nicht erkannt zu werden?

»Klaus, hast du das gehört?« Hubertus drehte sich zu seinem Freund um, doch von dem war weit und breit nichts zu sehen.

14. LIEBE UND HIEBE

Klaus hielt es einfach nicht mehr aus. Je weiter er die Engelstraße hochlief, desto mehr stieg seine Pulsfrequenz. Er überlegte sich, was er Kerstin sagen sollte. Am besten die Wahrheit: dass er sich in diesen endlos erscheinenden zweieinhalb Tagen bewusst geworden war, wie sehr sie ihm fehlte. Dass er sich wie ein Idiot benommen, dass er sich oft zu wenig Zeit für sie genommen hatte und dass sich das künftig ändern würde.

Den Heiratsantrag wollte er sich nur für den äußersten Notfall aufheben ... Schließlich war er sich nicht einmal darüber im Klaren, ob er überhaupt für die Ehe taugte. Im Übrigen hatten die Journalisten von allen Berufsgruppen die höchste Scheidungsrate. Aber eines wusste er ganz sicher: Mit Kerstin wollte er unbedingt zusammenbleiben.

Am Klingelschild stand nach wie vor »Zehnle/Riesle«. Immerhin hatte Kerstin es noch nicht ausgewechselt.

Er betrachtete die in rundlich geschwungener Schreibschrift eingravierten Namen. Sollte er Kerstin tatsächlich mal heiraten, dann müsste sie seinen Namen annehmen. Denn Zehnle-Riesle oder Riesle-Zehnle, das ging gar nicht. Außerdem waren Doppelnamen eh bescheuert.

Dann nahm er allen Mut zusammen, führte die leicht zitternde Hand an den kleinen weißen Knopf, der in das Klingelschild eingelassen war, und drückte.

Nichts.

Vielleicht hatte er zu kurz gedrückt? Oder sie hatte die Klingel ausgeschaltet?

Wie blöd, dass die Wohnung ganz oben unter dem Dach war.

Und einen Ersatzschlüssel gab es nicht. Den hatte Kerstin ihm ja vermacht und dann wieder abgenommen.

Nach dem sechsten Klingeln war Klaus völlig verzweifelt.

Was sollte er nur tun? Warten, bis sie nach Hause kam?

Womöglich würde sie sich heute an ihm rächen, auf die Fasnet gehen und irgendeinen Typen in einer Schwenninger Kneipe aufgabeln.

Er lehnte an der Wand, sackte in sich zusammen und landete auf dem kalten Fliesenboden vor der Haustür. Dort zog er den Geldbeutel aus seiner hinteren Hosentasche, klappte ihn auf und nahm Kerstins Foto in die Hand. Er strich über ihre Nase, ihren Mund und ihre Haare. Dann drehte er es um. »Ich liebe dich über alles! Deine Kerstin«, stand dort in Kerstins schülerhafter Schrift. Klaus liebte ihr Gekrakel.

Noch immer stand die Sonne am Horizont und blinzelte ihn über den Dachfirst einer benachbarten Villa an, doch ein eisiger Wind wehte um die Häuser. Von Weitem hörte Klaus die Geräuschkulisse des fasnachtlichen Treibens in der Schwenninger Innenstadt. Die Trommeln und Trompeten einer Musikkapelle mischten sich mit dem hellen Klang des Hanselgschell. Er meinte, ein paar grölende Kehlen herauszuhören. Auch aus einem Fenster des Hauses drang Fasnachtsmusik. Er versuchte aufzustehen, doch sein erster Versuch scheiterte, weil seine von der Eiseskälte tauben Finger zunächst den Dienst verweigerten.

»Ganz schee bsoffä«, raunzte ein alter Mann, der unverkleidet vorbeispazierte.

Klaus überlegte kurz. Wenn er auf Kerstin wartete, könnte er sich auch gleich in den Neckar stürzen, denn hier würde er unweigerlich erfrieren. Er klingelte bei Bantles – den einzigen Nachbarn, die er halbwegs kannte. Doch auch hier öffnete niemand.

Klaus lief auf die gegenüberliegende Straßenseite, um von dort aus einen Blick auf die Wohnung zu erhaschen. Er sah, dass die Balkontür einen Spalt weit offen stand. Bei dieser Kälte würden ihnen noch die Heizungsrohre einfrieren, wenn Kerstin nicht bald nach Hause käme.

Oder war sie doch zu Hause?

Klaus kniff die Augen zusammen und starrte durch die Scheibe des Wohnzimmerfensters. Da war doch etwas! Etwas Rotes! Es sah aus wie der Umhang eines Schwenninger Hansels. Und die etwas kleinere Gestalt daneben, das musste Kerstin sein, die gerade den Maskierten anlächelte.

Wie konnte sie nur? Dann kam wohl auch die Musik aus genau dieser Wohnung. Wahrscheinlich hatten sie deshalb die Klingel nicht gehört. Der Herr Hansel hatte wohl schon seine eigene CD dabei. Na warte …

Für Klaus gab es nur eines: Er musste in die Wohnung. Egal wie!

Einen Moment lang musterte er die schmucklose Hausfassade. Er beschloss, bis zum Dachsims am Abflussrohr hochzuklettern, sich dann auf die Regenrinne zu stellen, an ihren Balkon heranzuschleichen und dann den Hansel am besten gleich von der Balustrade zu werfen.

Klaus hauchte zwei-, dreimal in die Hände, bevor er das Regenrohr umfasste. Das Zinkblech fühlte sich an wie blankes Eis. Mit den Füßen schob er sich Zentimeter für Zentimeter in Richtung Dachsims. Als er den ersten Stock erreichte, kam auf dem Gehweg eine mit Tröten und Konfetti bewaffnete Gruppe von Clowns vorbei. Offenbar hatten auch sie am Umzug teilgenommen.

»Die Leute machen schon komische Sachen, um eine schöne Sicht auf den Umzug zu haben«, scherzte einer der Clowns. Die anderen lachten.

Doch Klaus kümmerte sich nicht weiter darum. Er hielt den Blick fest auf das Rohr gerichtet und arbeitete sich bis zum zweiten Stock vor. Die Musik wurde lauter. Tatsächlich, sie schien aus Kerstins Wohnung zu kommen. »Hoorig, hoorig …«

Bloß nicht nach unten schauen, dachte Klaus.

Plötzlich spürte er einen dumpfen Schlag gegen den Kopf. Klaus blickte für einen Moment nach oben. Hinter dem Balkonsims im zweiten Stock stand eine alte, bucklige Frau mit grauen, zu einem Dutt zusammengebundenen Haaren. Ihr Blick verriet eine gefährliche Entschlossenheit.

In der Hand hielt sie einen Besen, der sich gerade wieder auf seinen Kopf richtete. Die alte Winkler. Na prima!

»Ei'brecher!«, krächzte die Alte. »Un des am hellichte Dag!«

Es folgte ein dritter Schlag.

»He, Frau Winkler!«, rief er, doch vergebens: Die

Nachbarin war schwerhörig und kurzsichtig. Dafür traf sie allerdings recht gut.

»Ei'brecher«, krächzte die Alte noch mal und etwas lauter.

Als sie erneut mit dem Besenende ausholte, konnte sich Klaus gerade noch ducken. Schnell rutschte er das Regenrohr hinunter. Mit den Knien und Händen schrammte er dabei immer wieder an den Umfassungen der Verankerung entlang. Doch er spürte keine Schmerzen mehr. Sein Körper war wie taub vor Kälte und Liebeskummer.

Als er endlich wieder festen Boden unter den Füßen hatte, fasste ihn jemand an der Schulter. Er drehte sich um: Hubertus.

»Komm, Klaus, lass uns nach Hause gehen. Das bringt doch nichts!«

Widerspruchslos folgte er seinem Kumpel. Er war bis auf die Knochen durchgefroren. Hatte Kerstin sich doch tatsächlich nach zwei Tagen einen Neuen geangelt! Diese verdammte Fasnet! Und was bildete sich dieser Hansel eigentlich ein? Womöglich hatte er auch noch Frau und Kinder? Klaus war sich sicher: Sein Nebenbuhler war skrupellos.

Dann erst fiel ihm auf, dass neben Hummel auch noch Graf Zahl trottete, was ihm überaus peinlich war.

»Mach dir nichts draus«, meinte der. »In ein paar Tagen kommt sie wieder zur Vernunft.« Er machte eine Pause. »Oder auch nicht«, sagte er dann trocken.

Offenbar hatte Hummel ihm schon alles erzählt. Immerhin schien sich Graf Zahl weitere Scherze zu verkneifen. Doch in dieser Situation war Klaus Riesle eigentlich alles egal. Ohne erkennbare Regung hörte er sich an, was Hubertus zu berichten hatte.

»Ich habe meinem Kollegen von den Botschaften erzählt. Schließlich ist er Rätselexperte. Aber er weiß auch nicht, was es damit auf sich hat.«

»68, 69«, murmelte Graf Zahl. »Vielleicht stehen die Ziffern auf diesen Nachrichten für die Zahl an Frauen, die er an Fasnet abgeschleppt hat. Eventuell hat er die durchnummeriert …«

»Hör auf mit diesen Witzen«, rügte ihn Hummel. »Hatte Berger wirklich einen solchen Ruf?«

Zahl nickte zögernd. »Ich war ja nie dabei«, meinte er. »Aber sein Ruf war schon imposant – früher zumindest.« Dann wandte er sich an Klaus Riesle: »Wenn Berger nicht neulich den Narrosäbel abgegeben hätte, würde ich sagen: Das ist möglicherweise auch der Mann, der sich an deine Freundin rangemacht hat. Eine Hanselscheme hätte sich Berger als fanatischer Villinger allerdings nie aufgezogen – da bin ich mir sicher …« Wieder grinste er spöttisch, um sich danach allerdings wieder zu fangen. »Entschuldigung. Manchmal geht's ein bisschen mit mir durch.«

Riesle winkte müde ab.

»Fassen wir doch mal euren Fall zusammen«, meinte Zahl. »Es gibt vier Möglichkeiten, wenn ich das richtig sehe. Entweder eine Eifersuchtsgeschichte, an die ich aber eigentlich nicht recht glaube. In den letzten Jahren soll sich Bergers Jagdinstinkt ohnehin etwas gelegt haben. Er war fest mit dieser einen Blondine liiert, und wenn er wegen der sogar sein Testament ändern und sie heiraten wollte …«

Klaus versetzte es wieder einen Stich in die Magengegend. Wegen dieser Frau lag nun seine Beziehung in Schutt und Asche.

Zahl fuhr fort: »Eine andere Möglichkeit wäre, dass Gerbert oder ein anderer Schwenninger den guten Berger in den Narroruhestand verabschiedet hat, weil es Konflikte in der Fasnetauffassung gab.« Er schüttelte den Kopf. »Das kann ich mir aber auch nicht vorstellen. Gerbert ist ein Hitzkopf – aber niemand, der einen Mord plant. Es gibt außerdem die Möglichkeiten drei und vier: entweder die Exfrau oder die Haushälterin beziehungsweise ihr Sohn. Aus finanziellen Gründen – eben wegen dieses Testaments.«

»Das mit Frau Gremmelsbacher kann ich mir wirklich nicht vorstellen«, sagte Hummel erneut. »Die hat doch über Jahrzehnte ihrem Chef treu gedient.«

»Stimmt, aber nachdem ihr mir das mit der Elzacher Botschaft und dem tanzenden Schuttig erzählt habt, halte ich es schon für plausibel, dass die Gremmelsbacher und ihr Sohn etwas mit der Sache zu tun haben«, meinte Zahl. »Ihr solltet euch mal fragen: Wie kam der Mörder in die Wohnung? Das spräche nämlich auch für eine Tatbeteiligung der Gremmelsbacher, denn die hatte ja wohl sicher einen Schlüssel.«

Jetzt griff Klaus Riesle ein. »Huby, lass uns gleich nach Elzach fahren und diesen Sohn besuchen. Wenn an seiner Schuttigmaske die Schneckenhäuschen fehlen, ist das unser Mann.«

»Warum sollte der Sohn uns überhaupt die Tür öffnen?«, fragte Hummel.

»Wir richten ihm einfach schöne Grüße von seiner Mutter aus«, plante Riesle weiter. »Ist da heute nicht auch ein Umzug?«

»Heute Mittag wurde die Fasnacht ausgerufen, jetzt ist der große Schuttigumzug und heute Abend der Fackelumzug«, meinte Graf Zahl. »Haltet mich doch einfach auf dem Laufenden. Ich mache mir derweil noch ein paar Gedanken zu diesen Botschaften – und vielleicht bekomme ich ja aus den Narrenzünften auch noch was raus.«

15. ELZACHER FACKELN

»Wir hätten uns vielleicht doch lieber gleich auf die Spur dieser Exfrau machen sollen«, meinte Hummel, während er den Wagen durch Schonach lenkte. Das Dorf schien im Schnee zu versinken, und auf den Dächern hatten sich riesige weiße Hauben gebildet. Hubertus mochte den malerischen Schwarzwaldort, der sich in dem weiten Hochtal erstreckte und besonders für seine nordischen Kombinierer berühmt war. Sprungschanzen gab es in allen Größenordnungen. Jeder Schonacher war in seinem Leben mindestens einmal von einer gesprungen – wenigstens von der Babyschanze. Aber auch in Schonach war man närrisch: Gerade kamen sie an einer Gruppe Geißenmeckerer vorbei, die ihnen mit einem Fuchsschwanzwedel zuwinkten. Egal, durch welchen Ort sie kamen, warnten sie die Schilder: »Vorsicht, Narrentreiben!«

»Eine Schnapsidee, zur Fasnetzeit durch die Dörfer zu fahren«, maulte Hummel, denn ein paar Umleitungen hatten sie schon in Kauf nehmen müssen. »Warum warten wir eigentlich nicht bis Aschermittwoch und knöpfen uns dann den jungen Gremmelsbacher vor?«

»Bis Aschermittwoch warten? Das ist eine verdammt heiße Spur. Und offenbar geht ja auch der Kommissar diesem Verdacht nach. Wir lösen den Fall – und ab morgen früh werde ich das Haus von Kerstin bewachen«, meinte Klaus.

Er fühlte sich in seiner Rolle als Beifahrer unwohl. Nicht etwa, weil Hubertus zu schnell fuhr – eher im Gegenteil. Als der Wagen durch das Oberprechtal schlich, wo die Gegend so richtig einsam wurde, dunkelte es bereits. Wegen der Umleitungen hatten sie mindestens eine Stunde verloren. Immerhin wussten sie dank des Telefonbuchs schon die Adresse von Thomas Gremmelsbacher.

»Der Sohn ist arbeitslos und braucht Geld. Berger wollte einen Teil seines Geldes seiner treuen Helferin Berta Gremmelsbacher vererben, wenn man den Gerüchten Glauben schenken will«, fasste Klaus zusammen. »Doch irgendwann gibt es diese Blondine, die Berger tatsächlich heiraten will und die damit das Geld erhalten würde. Frau Gremmelsbacher und ihr Sohn müssen sich beeilen. Sie überlässt ihm den Schlüssel, mit dem er in die Wohnung kommt, wo er Berger umbringt. Deshalb auch keine Einbruchspuren.«

»Ich weiß nicht. Und warum verkleidet er sich dazu als Schuttig?«, wandte Hubertus ein.

»Er verkleidet sich, weil er nicht erkannt werden will. Als Mitglied der Elzacher Narrenzunft hat er einen Schuttiganzug. Wahrscheinlich trug er am Mordabend gar nicht das komplette Zottelgewand, sondern nur Larve und Hut. Er schlägt also auf Berger ein, der ihm im Todeskampf ein paar Schneckenhäuschen abreißt«, rekonstruierte Klaus.

»Ich habe den Sohn ja seit zwanzig Jahren nicht mehr gesehen, aber das Ganze kommt mir trotzdem komisch vor«, entgegnete Hubertus. »Und für Frau Gremmelsbacher würde ich fast meine Hand ins Feuer legen.«

Schon dreihundert Meter vor dem Elzacher Ortsschild musste Hummel den Wagen am Straßenrand abstellen. Sie waren nicht die einzigen Besucher. »Vorsicht, Narrentreiben« stand auch hier auf den Schildern. Alles war gesperrt.

»Mist«, murmelte Klaus und musterte den Elzacher Stadtplan, den er sich aus dem Internet ausgedruckt hatte. »Der Weinersbergweg liegt eher Richtung Winden und Waldkirch – also von hier aus hinter Elzach.«

»Du glaubst doch nicht etwa, dass der Gremmelsbacher jetzt zu Hause ist?«, fragte Hubertus. »Man merkt halt, dass du nicht mit dem Herzen bei der Fasnet bist. Jetzt ist er selbstverständlich unterwegs – und wir werden ihn nie finden. Wir haben ja auch schon zweimal ohne Erfolg bei ihm angerufen.«

»Ist doch prima: Alle Schuttige sind auf einem Haufen. Wir müssen nur den finden, bei dem die Schneckenhäuschen fehlen«, meinte Klaus, der momentan der deutlich aktivere Part war. Sein Freund hatte schon gejammert, als zwischen Rohrhardsberg und Oberprechtal zwischenzeitlich kein Handyempfang gewesen war. Schließlich wollte er jede Sekunde für Martina erreichbar sein.

»Weißt du eigentlich, wie viele Schuttige es hier gibt?«, fragte Hummel.

Klaus schüttelte den Kopf. »Das ist ein kleiner Ort. Was weiß ich – hundert vielleicht?«

Jetzt schüttelte Hubertus den Kopf. »Etwa eintausendzweihundert«, klärte er ihn auf.

Sein Freund trug es mit Fassung. »Dann untersuchen wir halt eintausendzweihundert.«

Seine Rechnung war einfach. Wenn er sich nicht in

den Fall verbiss, würde er die ganze Zeit an Kerstin denken müssen. Also los!

Nachdem sie gewissermaßen als Eintrittskarte ein Fasnetabzeichen erstanden hatten, liefen sie vom nordöstlichen Ortseingang die Hauptstraße entlang auf der Suche nach den ersten Schuttigen. Einige formierten sich bereits kurz hinter dem Ortsschild zum Umzug.

Klaus hatte sich mit einer Taschenlampe bewaffnet und leuchtete die ersten Schneckenhüte an. Sie schienen vollständig mit Häuschen besetzt zu sein. Außerdem waren sie mit zwei runden Wollballen versehen, die er sonst von den Schwarzwälder Bollenhüten kannte. Ein besonders großer und bedrohlich wirkender Schuttig drehte sich um. Eine bleiche, runzlige Larve mit einem riesigen Gebiss starrte Klaus an.

»Hättsch dine Latern nit mitbringe müsse. Mir hän au ä Licht«, erklang es dumpf und im Elztäler Singsang hinter der Maske hervor.

Klaus ließ die Taschenlampe unauffällig in der Jackentasche verschwinden. Er war von der Aggressivität, die die Maske ausstrahlte, derart erschrocken, dass er keine Antwort hervorbrachte. Der Schuttig mit der gespenstisch-bedrohlichen Larve brummte laut. Dann gab es einen Knall.

»Autsch«, schrie Riesle. Der Schuttig hatte ihm mit einer Art rundlichem Ballon eine verpasst – ausgerechnet auf die Stelle, wo sein Kopf ohnehin schon eine dicke Beule aufwies. Die alte Nachbarin in Schwenningen hatte mit ihrem Besen einen guten Schlag gehabt. Der Schuttig schien sich zu freuen und brummte noch einmal. Die anderen stimmten mit ein.

Hubertus zog seinen Freund rasch in Richtung Innenstadt.

Klaus hielt sich die Beule. »Was war das denn für ein Rüpel?«

»Die Schuttige dürfen die Leute an Fasnet mit ihren Schweinsblasen oder Saublodere malträtieren. Das ist hier so Brauch«, erklärte Hubertus und ergänzte: »Übrigens müssen die Metzger dafür das ganze Jahr über einen Vorrat an Schweinsblasen anlegen.«

»Igitt. Seltsame Bräuche haben die hier – und so gastfreundlich«, motzte Klaus.

Als dann auch noch die Straßenbeleuchtung ausging, rief er: »Sabotage!«

»Nein«, widersprach Hubertus. »Tradition.« Er deutete auf die Fenster in den Häusern, wo Hunderte Kerzenlichter flackerten und eine feierliche Atmosphäre verbreiteten.

»Das muss so sein«, erklärte er und erinnerte sich, wie er vor einigen Jahren mit Martina hier gewesen war.

Martina? Hummel zog das Handy heraus. Gott sei Dank, er hatte Empfang. Und dank des Vibrationsalarmes würde er auch bei lautstarkem Narrentreiben spüren, wenn seine kleine Tochter ihn brauchte. Eigentlich war es unverantwortlich von ihm gewesen, sich von Klaus überreden zu lassen, eine Stunde von Villingen entfernt zu recherchieren.

Er steckte das Handy wieder in die Hose und belehrte seinen Freund weiter über die Elzacher Fasnet. Er musste ihm ja nicht verraten, dass er sich seine Kenntnisse vorher aus einem Buch über die schwäbisch-alemannische Fasnet angelesen hatte, während Klaus am Computer einen Stadtplan suchte.

»Tradition heißt: Der Schuttig besitzt schon seit dem 16. Jahrhundert Heimatrecht in Elzach. Typisch für den Schuttig ist der dreispitzartige Schneckenhut, der aus der Barockzeit stammt.« Er lebte nun richtig auf, denn inzwischen hörten ihm auch andere Passanten zu. »In Elzach tragen die Schuttige mindestens sieben verschiedene Arten von Holzlarven. Außerdem gibt es den Rägemolli. So heißt hier der Feuersalamander – und wenn man das gelbe Gewand mit schwarzen Tupfen sieht, weiß man auch, warum.«

»Und seit wann jibt's diesen Fackellauf?«, fragte ein Tourist aus dem Rheinland, der Hummel offenbar für einen Fremdenführer hielt. Das allerdings hatte nicht in dem Buch gestanden. Hummel murmelte etwas Undeutliches und zog Klaus weiter in Richtung Bahnhofsplatz.

Wenige Augenblicke später ertönte der Elzacher Narrenmarsch. Die Schuttige, schon von Weitem zu erkennen an den auf und ab springenden Fackeln, ergossen sich wie ein reißender Fluss über die Hauptstraße. Sie sprangen, drehten immer wieder Kreise und tanzten zu den Klängen des Narrenmarsches, der in einem fort von verschiedenen Musikkapellen gespielt wurde.

Dann und wann stürzten ein paar Schuttige auf Umzugsbesucher zu. In der einen Hand hielten sie ihre Fackeln, in der anderen die Saublodere. Hubertus staunte über die geschickte Schlagtechnik. Es war schon ein beeindruckendes Bild: der historische Ortskern des Städtchens, der immer wiederkehrende Narrenmarsch, die zahllosen Schuttige mit ihrem feuerroten Zottelgewand, die Fackeln und ...

Ein dumpfes Geräusch ertönte. Und noch eines. Die

Schweinsblase reichte bis in Reihe drei – genauer gesagt: bis auf Hummels Kopf. Klaus musste grinsen.

»Die Elzacher Fasnet ist durchaus derb«, kommentierte Hubertus die Hiebe.

»Das hast du für deine Wichtigtuerei auch verdient«, meinte Klaus. »Siehst du, ob an diesen Schuttighüten irgendwo Schneckenhäuschen fehlen?«

Doch Hubertus lief stattdessen zu einem nahe gelegenen Verkaufsstand, wo er sich mit zwei Würsten für die Hiebe entschädigte. Klaus gab er ein »Schuttigbier« aus.

»So«, sagte dieser, nachdem er das Bier in einem Zug geleert hatte. »An die Arbeit. Jetzt lass uns mal systematisch vorgehen.«

Hubertus musterte den nicht enden wollenden Umzugsstrom und warf seinem Freund einen skeptischen Blick zu. »Ich glaube, es sind diesmal über eintausendzweihundert Schuttige. Wie sollen wir da bitte den Gremmelsbacher ausfindig machen?«

»Du hast doch vorhin gesagt, dass sich die Schuttige unten am Bahnhofsplatz sammeln, bevor es wieder die Hauptstraße hochgeht?«

Hummel nickte mit unsicherem Blick.

»Da haben wir sie doch alle beisammen und werden uns einfach den mit den fehlenden Schneckenhäuschen schnappen.« Klaus setzte eine entschlossene Miene auf.

Nachdem sie den Schießgraben hinter sich gelassen hatten, bot sich ihnen ein freier Blick auf den Bahnhofsplatz und die wild tanzende Schuttigschar. Das Licht der Fackeln ließ die finsteren Masken noch bedrohlicher erscheinen. Hubertus hatte ein mulmiges Gefühl, folgte aber dennoch Klaus, der von den Schuttigen nicht mehr so beeindruckt zu sein schien.

Neben den roten Schuttigen entdeckten sie auf dem Bahnhofsplatz etwa zwei Dutzend Polizisten, die offenbar für Ordnung sorgen sollten.

»Gleich so viele. Elzach scheint ja ein heißes Pflaster zu sein«, bemerkte Klaus und stürzte sich ins Gewühl. »Du nimmst dir den oberen Teil des Platzes vor, dann nehme ich den unteren«, befahl er.

Die Recherche war ihm wirklich eine willkommene Ablenkung. Den Namen Kerstin hatte er schon mindestens eine halbe Stunde nicht mehr fallen lassen, wie Hubertus auffiel.

»Und was ist, wenn einer von uns den gesuchten Schuttig findet?«, fragte Hubertus unsicher.

Klaus zog sein Handy heraus. »Empfang haben wir. Dann rufen wir uns an«, schlug er vor.

»Und wenn ihn keiner findet?«

»Dann gehen wir zu Gremmelsbachers Wohnung.«

16. IN DER ELZ

Hubertus bezweifelte, dass sie sich in dem Gewühl jemals wiederfinden würden. Aber er nahm all seinen Mut zusammen und kämpfte sich allein durch die rote Masse, wobei er immer wieder schmerzhafte Bekanntschaft mit der Saubloder machte.

Bei Klaus war der Schmerz noch schlimmer, aber er hielt sich tapfer. Die ersten hundert von ihm inspizierten Dreispitzhüte schienen intakt zu sein: keine Löcher, keine fehlenden Schneckenhäuschen. Da die Schuttige nicht ruhig und geduldig stehen blieben, konnte es allerdings auch sein, dass er nur zehn Schuttige untersucht hatte – und die jeweils zehn Mal. Doch dann fiel ihm ein Schuttig mit roter Teufelsmaske auf. Zwischen den riesigen Bollen auf seinem Hut prangte eine kahle Stelle.

»Aha!« Klaus leuchtete mit seiner Taschenlampe auf die geriffelte Oberfläche und folgte dem Schuttig, der im Gegensatz zu den anderen nicht mit einer Saubloder, sondern mit einem Reisigbesen ausgerüstet war. Mit dem würde er es wohl gleich zu tun bekommen.

»Hallo Sie, Herr Teufelsschuttig«, rief er dem Maskierten hinterher.

Brummen und raues Gelächter um ihn herum. Und dann wieder ein derber Schlag mit einer Saubloder von links, dann von rechts. Aua!

Der Schuttig mit der roten Maske drehte sich um.

Klaus erkannte zwischen den Schlitzen die Augen, die durch das Fackelfeuer fast rot zu leuchten schienen. Er schluckte kurz.

»Herr Gremmelsbacher?«, fragte er.

Keine Antwort.

»Sind Sie der Sohn von Frau Gremmelsbacher aus Villingen?«

Nichts.

Dann ging alles ganz schnell. Nachdem Klaus dem Schuttig die Maske kurzerhand heruntergezogen hatte, packte ihn der stämmige Kerl und warf ihn in die Elz. Klaus wurde bis zum Bauch vom kalten Wasser des Flusses umspült und blickte in das nun demaskierte, aber nicht weniger grimmige Gesicht des Teufelsschuttig, der ebenfalls bis zu den Knien im Wasser stand.

»Herr Gremmelsbacher?«, flüsterte Klaus so leise, dass der andere ihn kaum verstand.

»Nei, verdammt: I bin nit der Gremmelsbacher!«, raunzte dieser zurück und packte Klaus am Revers seiner Jacke. »Was bisch du denn für en Depp?«, brüllte er dann. »Und was willsch du überhaupt vom Gremmelsbacher, du, du …?«

»Ich bin Privatdetektiv. Wir suchen Herrn Gremmelsbacher in einer dringenden Angelegenheit und wollen ihn nach einem Alibi befragen«, antwortete Klaus möglichst prägnant. Seine Waden fingen an, sich im eiskalten Wasser schmerzhaft zu verkrampfen.

»En Alibi? Für wann denn?«, fragte der demaskierte Schuttig.

»Am vorletzten Freitag, also vor genau neun Tagen. Zwischen zwanzig und zweiundzwanzig Uhr.«

»Am Freidag vor ’ner Woch?« Der Schuttig schien

nachzudenken. »Ebe! Do war doch unsere Narreversammlung. Do war der au.«

»Und um wie viel Uhr hat die Veranstaltung begonnen?«

»Um achte.«

Nun dachte Klaus nach. Um neunzehn Uhr vierzig war Berger noch lebend gesehen worden – sechzig Kilometer und mindestens sechzig Minuten Fahrt entfernt.

»Und wo ist Herr Gremmelsbacher jetzt?«, wollte er dann wissen.

Der Schuttig war der Sache allmählich überdrüssig: »Bin i sei Kindermädle? Er wird halt unterwegs sei.«

»Eine letzte Frage noch«, meinte Klaus. »Warum haben Sie mich eigentlich ins Wasser geworfen?«

Die Miene des Schuttigs wurde wieder grimmiger. »Es isch ä Todsünd, in Elzach en Schuttig zu belze«, sagte er dann.

»Wie bitte?«

»En Schuttig zu demaskiere, kapiert? Und wer zu viel fragt, wird ersäuft!«

Platsch machte es da. Und dann noch einmal platsch. Klaus bekam Gesellschaft von zwei Gestalten, die nun ebenfalls im kalten Wasser lagen. Klaus kannte beide – es waren Hubertus und Kommissar Müller!

»Das wird Folgen haben!«, rief der Polizist und rettete sich behände ans Ufer.

»Das ist hier in Elzach so, Herr Kommissar«, belehrte ihn Hubertus. »Wenn einem Schuttig die Larve heruntergezogen wird, kann man Ärger bekommen. Das Demaskieren ist streng verboten.«

»Das hättest du mir vielleicht vorher sagen können.

Dann hätte ich mir wenigstens einen Neoprenanzug übergestreift«, schimpfte Klaus.

Zwei Beamte zogen Müller an Land. Der Kommissar wollte sich wortlos davonmachen, doch Klaus rief ihm hinterher: »Gremmelsbacher hat ein Alibi!«

Müller drehte sich um. »Wir werden das überprüfen«, sagte er, ehe ihm wieder einfiel, dass er mit diesem Journalisten überhaupt nicht mehr reden wollte.

Und woher wusste dieser Riesle überhaupt vom Verdacht gegen Gremmelsbacher? Was machten er und sein Freund Hummel hier in Elzach?

Müller schlich davon. Er hatte endgültig die Nase voll. Der Skiurlaub war definitiv gestrichen, seine Frau redete nicht mehr mit ihm. Erst hatte dieser Schwenninger Verdächtige Gerbert ein wasserdichtes Alibi und jetzt wohl auch Gremmelsbacher. Wobei es das noch zu überprüfen galt. Dabei hatte der Hinweis auf den Sohn der Haushälterin so gut geklungen. Und zu allem Überfluss würde er sich sicher auch noch eine Erkältung einfangen. Das alles stieß ihm im wahrsten Sinne des Wortes sauer auf.

»Halt!«, rief er dem Schuttig nach, der eben noch mit Riesle in der Elz gebadet hatte. Als dieser stehen blieb, plusterte sich Müller auf, was angesichts seines triefenden Zustands nicht sehr überzeugend wirkte, und stellte sich vor: »Kriminalpolizei Villingen-Schwenningen. Ich hätte da ein paar Fragen an Sie …«

Auf der Höhe von St. Georgen waren Hummel und Riesle mitsamt ihrer Kleidung wieder einigermaßen getrocknet. Zum Glück hatte Hubertus' Handy das unfreiwillige Bad gut überstanden.

Von Martina gab es nichts Neues, wie er bei einem Anruf zu Hause erfuhr.

»Hör auf, dir Sorgen zu machen, Papi«, hatte ihn seine Tochter wieder einmal belehrt.

Martina fragte sich nur, wann sie ihren Lebensgefährten wiedersehen würde: Didi Bäuerle war Fasnachter durch und durch. Gerade befand er sich in einer Sitzung, in der ein letztes Mal beraten wurde, wie man bei den großen Umzügen am Montag und Dienstag mit dem gewaltsamen Tod eines verdienten, wenn auch manchmal etwas zu puristischen Villinger Narro umgehen sollte. Man hatte beschlossen, es sei am ehesten im Sinne des Toten, wenn man ganz normal feiere. Ohnehin würde sich das närrische Volk davon nicht abhalten lassen – so wie damals beim Golfkrieg 1991, als die Fasnet zwar offiziell abgesagt wurde, sich dann aber spontan eine Art Alternativ-Fasnet entwickelt hatte. Ein Fasnachter hatte damals sein Narrohäs auf einem Leiterwagen durch die Stadt gefahren und diesen mit der Aufschrift »s'Häs derf« versehen.

Während sie Peterzell und dann Mönchweiler passierten, spürte Hubertus eine bleierne Müdigkeit. Er beschloss, rasch ins Bett zu gehen, sobald er nach seiner Tochter geschaut hatte. Schließlich stand morgen ein überaus anstrengender Tag bevor, der vor sechs Uhr früh beginnen würde. Und um neun startete der Villinger Umzug, an dem er als Narro teilnehmen wollte.

Klaus hingegen war klar, was passieren würde, wenn er sich jetzt in Hummels »Lehrerzimmer« niederließe: Er würde an Kerstin denken – möglicherweise die ganze Nacht. Daher verspürte er einen unbändigen Tatendrang: »Wir suchen jetzt die Exfrau des Ermordeten auf und vernehmen sie«, meinte er. »Vielleicht hat sie ja wirklich einen Killer beauftragt.«

Hubertus tippte sich an die Stirn. »Es ist zehn Uhr, und wir wissen doch gar nicht, wo diese Frau wohnt. Du spinnst wohl.«

»Wir müssen jetzt was tun, verdammt«, insistierte Klaus, der sich schon auf der Couch seiner Notunterkunft sah, wie er sich schlaflos hin- und herwälzte. »Dann lass uns eben zu Kerstin fahren. Vielleicht macht sie ja diesmal auf«, meinte er dann.

Hummel tippte sich nun gleich zweimal an die Stirn.

»Dann setz mich bei dir ab – ich rufe mir ein Taxi, das mich nach Schwenningen bringt«, forderte Klaus. Vor einer halben Stunde hatte er erneut bei Kerstin angerufen – und wieder hatte niemand abgenommen. Womöglich wohnte sie schon bei diesem Hansel.

Hubertus redete sachlich auf Klaus ein: »Hör zu: Ich weiß seit Elkes zwischenzeitlichem Auszug, wie es dir geht. Es hat jetzt aber keinen Sinn, in Panik zu verfallen.«

»Ich will ja auch nicht mit einer Gitarre hin und vor dem Haus den Troubadour spielen«, gab Klaus zurück. »Ich will nur mit ihr reden.«

»Sie ist aber anscheinend nicht da. Gib ihr noch zwei Tage Zeit, Klaus.«

Zwei Tage. Und wenn dies die entscheidenden zwei Tage waren, in denen dieser Schwenninger Hansel endgültig Kerstins Herz eroberte?

Während Hubertus und Graf Zahl miteinander telefonierten und die beiden sich aufs Laufende brachten, entschied Klaus, dass er jetzt nicht mehr mit dem Taxi nach Schwenningen fahren, sondern seinen Besuch auf morgen verschieben würde. Dann aber müsste nun wenigstens im Mordfall weiterrecherchiert werden. Und zwar sofort!

»Graf Zahl hat herausgefunden, dass Gerbert wohl wirklich ein Alibi hat. Die Polizei hat ihn schon befragt«, berichtete Hubertus von seinem Telefonat. »Außerdem kann er uns in anderer Hinsicht weiterhelfen. Er muss nämlich morgen früh ohnehin nach Rottweil und wird versuchen, dort Erkundigungen über Bergers Exfrau einzuholen. Die ist doch Rottweilerin. Und bevor du da jetzt noch hinwillst …«

»Gut. Wenn ihm das gelingt und er sich auch in Rottweil auskennt, warum nicht?«, meinte Klaus. »Aber was anderes: Huby, du weißt doch, wo diese Frau Gremmelsbacher wohnt, oder?«

Hubertus sah fragend aus, nickte aber.

»Wir fahren da jetzt hin. Der Sohn mag zwar ab zwanzig Uhr ein Alibi haben, wenn die Gremmelsbacher mit ihm unter einer Decke steckt, könnte sie bei der Zeitangabe aber auch gelogen haben. Vielleicht hat sie Berger zu einem ganz anderen Zeitpunkt gesehen – oder gar nicht«, überlegte Klaus. »Ich will von der noch mal genau wissen, ob sie nicht vielleicht doch etwas mit der Geschichte zu tun hat. Möglicherweise hat sie auch einen anderen Komplizen.«

Zum dritten Mal tippte sich Hubertus an die Stirn. »Meine Mutter würde mich lynchen, wenn ich um diese Uhrzeit bei Frau Gremmelsbacher aufkreuzen würde. Du spinnst doch.«

»Dann setz mich an einem Taxistand ab.«

Hubertus dachte nach. Als verantwortungsvoller Lehrer und Vater wusste er, wie man mit Schutzbefohlenen umgehen musste. Autorität half bei Klaus aber nicht weiter. Er konnte ausgesprochen bockig sein und war in seinem Zustand sicher für die eine oder andere Dummheit gut. Und in der Fasnetzeit würde man ihnen vielleicht sogar nachsehen, wenn sie mal etwas später an einer Haustür klingelten.

»Fünf Minuten, Klaus. Fünf Minuten werden wir Frau Gremmelsbacher an der Haustür befragen. Keine Sekunde länger. Und nur unter der Bedingung, dass einzig und allein ich rede.«

17. SCHNAPSVERHÖR

Kurz darauf waren sie am Warenberg, einem stadtnahen Villinger Wohngebiet.

Klaus, dem eigentlich nur die Rolle des Zuhörers zugedacht war, torpedierte den Plan seines Freundes in Sekundenschnelle, als Berta Gremmelsbacher mit einem Bademantel über dem Nachthemd zur Tür geschlurft kam.

»Ihr Sohn steht unter Mordverdacht, Frau Gremmelsbacher«, sagte er nach einer kurzen Begrüßung. Schocktechnik nannte er seine Methode. Vielleicht würde die alte Frau vor lauter Entsetzen mit der Wahrheit herausrücken. Bei Recherchen funktionierte das manchmal.

Klaus' Plan ging auf – allerdings nur teilweise. Geschockt war die alte Haushälterin tatsächlich. Mit einem Geständnis rückte sie allerdings nicht heraus – stattdessen bekam sie einen Heulkrampf und musste sich auf die Treppe im Hausgang setzen.

Hubertus, der seinen Kumpel in diesem Moment gerne erwürgt hätte, brachte ihr ein Glas Wasser und setzte sich dann neben sie, während Klaus immer noch an der Haustür stand.

»Erscht wird min Chef umbrocht – und jetzt schiebt mer des au no mir in d' Schuh«, weinte sie. »I bin ä ehrliche Frau.«

»Und Ihr Sohn?«, fragte Klaus Riesle etwas weniger

barsch, doch Berta Gremmelsbacher begann wieder zu weinen.

Nachdem die Haushälterin das Wasser gegen Schnaps ausgetauscht und sich mehrfach in ein großes, rot kariertes Taschentuch geschnäuzt hatte, konnte sie weitersprechen.

Ihr Sohn sei absolut rechtschaffen, versicherte sie. Was könne er denn dafür, dass er vor Kurzem seine Stellung verloren habe? Über mehrere Jahre habe er in einer Elzacher Firma als Industriemechaniker gute Arbeit geleistet und sei sogar Mitglied in der dortigen Narrenzunft, was für einen Nicht-Elzacher doch außergewöhnlich sei. Er sei als Schuttig im ganzen Ort akzeptiert – und ein Schuttig sei dort so viel wert wie in Villingen ein Narro.

Wieder schnäuzte sie sich.

Hummel und Riesle spielten gegenüber Berta Gremmelsbacher unfreiwillig das Spiel »Guter Detektiv, böser Detektiv«.

Während Hummel stets nickte und sagte: »Wir glauben ja auch nicht, dass Sie oder Ihr Sohn mit der Tat zu tun haben«, mimte Riesle den Bösen. Er war sich weiterhin sicher, dass man aus der Frau nur etwas herausbekommen würde, wenn man sie unter Druck setzte.

»Frau Gremmelsbacher«, wandte er sich an die alte Dame, die nun am Wohnzimmertisch saß. »Sie haben angegeben, Herrn Berger am Mordabend um neunzehn Uhr vierzig zum letzten Mal gesehen zu haben. Haben Sie das nur gesagt, um Ihrem Sohn für die Tatzeit ein Alibi zu verschaffen – oder stimmt das wirklich?«, wollte Klaus wissen.

Die Haushälterin kämpfte wieder mit den Tränen und

sah hilfesuchend zu Hummel, dem das Auftreten seines Freundes immer unangenehmer wurde.

»Ha, natürlich stimmt's«, sagte sie dann und zog ihren Bademantel zusammen. »Des schwör ich bei Gott.«

»Und das heißt bei Frau Gremmelsbacher einiges«, unterstützte Hummel sie.

»Gut, Frau Gremmelsbacher«, meinte Riesle. Die Kommissarnummer, die er gerade abzog, gefiel ihm mächtig. Vielleicht steigerte sie auch nur sein momentan angekratztes Selbstvertrauen. »Dann sagen Sie uns doch noch mal, was Herr Berger anhatte, als Sie ihn zum letzten Mal gesehen haben. Und wo das genau war.«

»Ha, des war halt im Keller. Und er hätt sei Häs 'trage – und ebe sei' Scheme.«

Hummel stutzte. Auch Riesle war verblüfft. Das war ihnen neu.

»Frau Gremmelsbacher, kann es sein, dass das gar nicht Herr Berger war?«, fragte Hubertus schließlich.

Berta Gremmelsbacher wirkte verunsichert. »Ha, ich kenn doch sei Stimm«, sagte sie dann.

»Stimmen klingen durch die Scheme aber ziemlich anders«, wandte Hummel ein. »Was hat er denn gesagt?«

Berta Gremmelsbacher dachte nach. »Sie fraget aber no ausführlicher als die Polizei. Er hat g'sagt, dass er au nit jünger wird und dass ich no recht jung aussehe dät.«

»Das stimmt ja auch«, schmeichelte Hummel. Mit Freundlichkeit würde er bei ihr mehr erreichen als der grobe Klotz Riesle, davon war er überzeugt.

»Un er hät no g'frogt, wie's minere Dochter z'Heidelberg goht. Ebe – des muss de Herr Berger gwese sei.«

»Sonst noch was?«, fragte Riesle kurz.

Berta Gremmelsbacher schloss die Augen und überlegte weiter. Sie zögerte. »Normalerweise dät i des net sage, aber wenn's hilft, meinem Thomas zu helfe … I han mich g'wundert, dass de Herr Berger ebbes vo sinere … na ja … frühere Beziehunge andeutet hät.«

»Was?«, fragte Riesle.

»Er hät g'sagt, dass er immer no gut bi de Fraue ankumme dät. Un dass er öfters e andere hät. Dabei wollt er doch sei Freundin heirate. Über so ebbes hätt er sunsch nie gschwätzt«, sagte die Haushälterin. »Des war mir fascht e weng peinlich.«

»Sehr verdächtig«, kommentierte Riesle, und Hummel nickte.

»Frau Gremmelsbacher, sind Sie sicher, dass es auch wirklich die Narroscheme von Herrn Berger war, die Sie gesehen haben? Bewegte sich der Narro irgendwie anders? Hatte er irgendwelche Eigenarten?«

Die alte Frau schloss wieder die Augen. Dann trank sie noch ein weiteres Gläschen Schnaps, war aber offenbar so in ihre Erinnerung vertieft, dass sie zu Riesles Ärger gar nicht daran dachte, den Freunden auch einen anzubieten. »I han so än Schreck kriegt«, sagte sie dann. »Uf die Scheme hab i nit recht g'achtet. Wartet Se mol …«

Sie schwieg und überlegte weiter.

»Des Foulard«, rief Berta Gremmelsbacher plötzlich. Hummel und Riesle zuckten zusammen.

»Was?«, fragte Riesle nach.

»Des Foulard«, wiederholte die Haushälterin.

»Foulard – das ist doch das seidene Tuch des Narros. Das müsstest du als Lokaljournalist eigentlich wissen«, rügte Hummel seinen Freund.

»Aber was ist damit?«, wandte er sich an Frau Gremmelsbacher.

»Di Scheme – do bin i mer nimme so sicher. Die war zumindescht dere vom Chef ähnlich. Aber des Foulard …«

»Ja?«, fragte Hummel geduldig.

Riesle platzte der Kragen. »Rücken Sie doch endlich mit der Sprache raus!«

Nachdem sie sich von ihrem Schreck erholt hatte, sagte sie: »I han die Szene jetzt wieder vor mir. Der Narro hät ä grünes Foulard g'hät. Mit so schwarze Veräschtelunge druf.«

»Ja?«, versuchte Hummel, sie zum Weiterreden zu animieren.

»Un de Herr Berger hät immer ä rotwißes g'hät. Do bin i mir ganz sicher. Aber ä grünes han i no nie bi ihm g'sähe.«

Hummel und Riesle waren baff. Riesle brauchte auf die Neuigkeit erst mal einen Schnaps. Ohne zu fragen, goss er sich einen ins Glas von Frau Gremmelsbacher und kippte ihn in einem Zug hinunter. Nach dem zweiten Schnaps sagte er: »Wenn das stimmt, war Berger um neunzehn Uhr vierzig womöglich schon tot, oder?«

Hummel nickte.

»Un was heißt des jetzt?«, fragte die Haushälterin.

»Dass Ihr Sohn vielleicht doch kein Alibi für den Tatzeitpunkt hat«, meinte Riesle.

Hummel widersprach heftig. »Wenn Frau Gremmelsbachers Sohn der Mörder wäre und sie mit ihm unter einer Decke stecken würde, wäre sie ja etwas ungeschickt, wenn sie nun auf diese Weise sein Alibi erschüttern würde. Es muss jemand anders sein.«

Schweigend saßen alle drei um den Wohnzimmertisch herum. Die Schnapsflasche war mittlerweile leer.

»Da gibt's nur eines, Klaus«, sagte Hummel schließlich. »Wir suchen morgen den Narro, der so ein grünes Foulard hat. Das muss der Mörder sein! Hoffentlich kommt er nicht auf die Idee, sein Foulard zu wechseln.«

18. Z'VILLINGE I D' NARRENSTADT

»Hät denn kon kon Kamm, so fangt Villingerisch an …« waren die ersten Worte, die Klaus vernahm, als er in seiner Notunterkunft erwachte. Dazu eine laute, rhythmische Gitarrenmusik, die sogar durch die Tür des »Lehrerzimmers« drang. Ein kurzer Blick auf das Handy verriet die Uhrzeit: 5:51. Klaus stöhnte vor Müdigkeit und versuchte, einen klaren Gedanken zu fassen. Richtig: Es war Montagmorgen. Höchster Feiertag in Villingen.

Heute Nacht war er schon einmal kurz wach gewesen, als draußen Jugendliche ihre Blechtrommeln bearbeitet hatten – vermutlich Glonkis. Da musste es etwa vier Uhr gewesen sein: »Wecken« für die hohen Tage …

Offenbar brachte sich Hubertus gerade in Stimmung für das große Spektakel. Es war ein Villinger Fasnetlied, das er derart laut abspielte, dass mittlerweile sicher schon alle im Haus – wenn nicht sogar die Nachbarn – wach waren.

Klaus gab auf. Er wälzte sich aus dem Bett und schlurfte in Richtung Küche. Gerade als »Wohlauf, ihr Burger, schtond ins G'wehr! D' Franzose rucket a …« aus mindestens tausend Kehlen geschmettert wurde (Hubertus eingeschlossen), stand Klaus in der Küche.

Mit der einen Hand dirigierte Hubertus den Villinger

Narromarsch, mit der anderen rührte er in einer großen Pfanne. Klaus schnupperte: Es roch verbrannt.

»Morgen«, rief Hubertus und strahlte den Hausgast an. Dann imitierte er mit aufgeblasenen Backen die Trompeten des Refrains.

Klaus kniff die Augen zusammen und brummelte etwas Unverständliches. Nur eine Personengruppe konnte er noch weniger ausstehen als Frühaufsteher: besonders gut aufgelegte Frühaufsteher. Leider zählte sein Freund Hubertus zu diesen. Und an einem Fasnetmorgen war sein Gute-Laune-Barometer natürlich auf maximalem Ausschlag.

Als Journalist musste Klaus den Wecker zum Glück nie vor neun Uhr stellen. Vielleicht hätte er sich wenigstens für diese zwei Tage umquartieren sollen. Aber Hubertus hatte darauf bestanden, dass Riesle als gebürtiger Villinger endlich mal das Narrohäs tragen sollte. Ach was, musste!

Klaus waren die fasnachtlichen Rituale von Haus aus fremd gewesen. Seine Eltern hatten damit nichts am Hut gehabt.

»Was ist denn das für eine stinkende Brühe?«, fragte er und rieb sich den Schlaf aus den Augen. Er hielt die Nase über die halb geronnene, bräunliche Masse.

»Lecker gebrannte Mehlsuppe«, antwortete Hubertus.

Klaus hatte von dieser Suppe gehört und wusste, dass sie eine gute Grundlage für einen anstrengenden Fasnettag schuf, an dem deftig gegessen und viel getrunken wurde.

Ein weiterer Blick in die bräunliche Brühe ließ Riesles Magen jedoch zusammenzucken, und aus dem Zucken wurde ein Krampfen, als ihm Hubertus die Zutaten darlegte: »Butter, Mehl, geschnittenes Weißbrot, Salz und als Höhepunkt eine Flasche Rotwein!«

Nach dem Schnaps von gestern Abend – Frau Gremmelsbacher hatte noch eine weitere Flasche aus dem Keller geholt – mochte Klaus um diese Uhrzeit nichts, was mit Alkohol zu tun hatte, hören, sehen oder gar schmecken. Doch Hubertus bestand darauf. Auch dies sei schließlich Tradition.

Als Klaus die ersten Löffel der leicht säuerlichen Suppe heruntergewürgt hatte, waren seine Grundsätze bereits über den Haufen geworfen. Hubertus schob Klaus' Kaffeetasse beiseite, holte zwei Weingläser aus der Anrichte und goss von dem badischen Müller-Thurgau ein und dann vom Sprudelwasser aus der benachbarten Kurstadt Bad Dürrheim. Das Mischverhältnis war für Klaus' Geschmack recht kräftig: zwei Drittel Wein, ein Drittel Wasser.

»Prost«, johlte Hubertus seinem Freund zu. Martina und Elke grinsten. Hubertus' Fasnetritual hatte auch sie aus den Federn geholt, aber sie nahmen es gelassen, schließlich war nur einmal im Jahr »Fasnetmentig-Morge«.

»Wusstest du eigentlich schon …«, sagte Hubertus und räusperte sich.

Klaus schaute von seiner Weinschorle auf. Er wusste, dass jetzt ein Vortrag folgen würde. Allein der Halbsatz war für Riesle schon wie eine Erkennungsmelodie.

»Wusstest du schon, dass die Hummels unter anderem dafür verantwortlich sind, dass wir so schöne barocke Fasnetfiguren in Villingen haben?«, fuhr Hubertus fort und schaute so stolz, als würde er gleich platzen.

»Ja sicher, ganz bestimmt ...«, kommentierte Klaus ironisch.

»Nein, wirklich! Im 15. und 16. Jahrhundert waren nachweislich Mitglieder der Familie Hummel in Italien. Dort waren sie von der Karnevalsfigur des Harlekin so beeindruckt, dass sie Elemente in die Villinger Fasnet haben einfließen lassen. Der Villinger Narro ist nämlich mit dem italienischen Harlekin verwandt.«

Hummel fuchtelte so wild mit dem Löffel herum, dass einige Tropfen der Mehlsuppe auf der Tischdecke landeten. Auch die war dem heutigen Tage angepasst und zeigte Motive der Villinger Fasnetfiguren.

»Mach dir keine Gedanken. Diese Geschichte erzählt er jedes Jahr am Morgen des Fasnetmentig«, unterbrach Elke und grinste zu Klaus hinüber. »Sie ist nicht erfunden, aber ein bisschen dick aufgetragen ... genau wie die Mehlsuppe.«

Der Journalist lachte kurz, und Hubertus nippte mit leicht beleidigter Miene an seiner Weinschorle.

Nach dem Frühstück war er aber wieder bester Laune. Er dirigierte seinen Freund in den Keller. Noch am Frühstückstisch hatte er Klaus immer wieder vielsagend zugezwinkert. Hubertus' ausgelassene Stimmung war heute einfach unerträglich, fand Klaus.

»Pscht«, machte Hubertus und winkte Klaus zu der Tür, die in den Keller führte. Martina und Elke waren gerade dabei, den Tisch abzuräumen.

Klaus folgte nur widerwillig der Aufforderung: »Willst du mir deine alte Modelleisenbahn zeigen?«

»So was Ähnliches.« Hubertus' Augen funkelten.

An einer alten Holzkiste mit eisernen Beschlägen machte er halt. Er zog einen Schlüssel aus der Tasche, warf noch mal einen kurzen Blick in Richtung Treppenaufgang und öffnete das Vorhängeschloss.

»Soll ich das etwa anziehen?«, fragte Klaus, als Hubertus ein kleines, handbemaltes Narrohäs sowie eine kleine Narroscheme herauszog.

»Das ist ein Kinderhäs mit Scheme. Habe ich für meinen Enkel anfertigen lassen. Martina wird Augen machen«, meinte Hubertus voller Vorfreude.

Klaus schüttelte den Kopf. Auf seine Frage, was Hubertus damit machen wolle, wenn Martina ein Mädchen bekäme, erhielt er keine Antwort.

Kurz darauf war heftiger Protest zu hören, als Elke ihm zusätzlich zu vier Pullovern noch einen zweiten dicken Wintermantel überzog.

Hubertus lachte schallend.

»Was soll das denn werden?«, beschwerte sich Klaus. »Da kann ich mich ja überhaupt nicht mehr bewegen.«

»Keine Widerrede!« Hubertus war beim Anlegen seines Häs schon etwas weiter und zog gerade mit Martinas Hilfe den handbemalten Kittel über. »Du musst schon ein stattlicher Narro sein. Hättest du die nötigen Pfunde, so wie ich, dann kämst du mit weniger Polsterung aus.«

Klaus war unwohl bei der ganzen Sache. Vier Jahrzehnte lang hatte er es in der Fasnethochburg Villingen geschafft, nicht ins Häs zu gehen. Und ausgerechnet heute, in seiner durch Liebeskummer gedrückten Stimmung, sollte es so weit sein? Er gab noch nicht auf: »Vielleicht sollte ich lieber in Zivil gehen. Ohne Scheme sehe ich mehr und könnte vielleicht den Narro mit dem falschen Foulard leichter entdecken. Und das geht ja wohl heute vor. Womöglich begeht der im Umzugstrubel einen weiteren Mord!«

»Unsinn!«, konterte Hubertus und nahm einen kräftigen Schluck Weinschorle. »Wir bleiben zusammen. Und den Fall lösen wir heute Nachmittag.«

Nachdem Elke den beiden die schweren Rollen übergestreift und die weißen, prächtigen Kragen angelegt hatte, schlug Hubertus ein paar Übungseinheiten im Villinger Narrosprung vor.

»Linkes Bein nach vorne, Gewicht verlagern, mit dem Fußballen abrollen und leicht zurückrutschen, dann das Gleiche mit dem rechten Bein«, instruierte er und demonstrierte das Ganze in einer Art Zeitlupe.

Klaus sprang hinter Hubertus her. Es klappte schon ganz gut.

Dann ging es jedoch ans Binden der Scheme. Plötzlich sah Riesle nur noch durch zwei kleine Schlitze. Ihm wurde warm und noch mulmiger zumute. Als Elke die Scheme festgebunden hatte, fuchtelte er mit den Armen herum.

»Da kann ich mich ja nicht mal selbst befreien«, dröhnte es dumpf durch das Lindenholz. »Hilfe! Ich ersticke!«

»Daran wirst du dich schon gewöhnen«, beschwichtigte ihn Hubertus, der sich schon in voller Montur vor dem großen Wandspiegel im Eingangsflur aufgebaut hatte. Er betrachtete sich durch die Augenschlitze, winkelte den linken Arm an, spreizte die Finger und brachte damit das Foulard wie eine Fahne zur Entfaltung. Dann rutschte er mit kleinen, kurzen Sprüngen nach hinten und jauchzte vor Begeisterung. Der helle, kräftige Klang der Rollen erfüllte das Haus. Hubertus konnte durch die Schlitze im Spiegel seine eigenen Augen strahlen sehen. Ein wenig war Narro Hummel in sich selbst verliebt.

Gut gelaunt kümmerte er sich nun wieder um den Narronachwuchs und versuchte, Klaus das Strählen beizubringen.

»Früher wie heute darf der Narr unter dem Schutz seiner Scheme den hohen Herren und jedem anderen die Meinung sagen. Aber das darf niemals beleidigend, sondern muss lustig und ironisch sein.«

»Das muss man doch aber nicht machen, oder?«, meinte Klaus unsicher.

»Bist du ein Narro, oder bist du keiner?«, fragte Hubertus und gab selbst die Antwort: »Du bist einer. Also, wenn du beim Umzug jemanden kennst: Geh auf ihn zu, verstell deine Stimme und konfrontiere ihn mit irgendeinem Erlebnis, Fauxpas oder einer seiner Eigenarten. Ist doch herrlich! Bei dir ahnt nun wirklich niemand, dass du es bist, der in dem Häs steckt. Aber denk bitte dran: Immer auf Villingerisch strählen.«

Klaus stöhnte. Da hatte er sich was eingebrockt.

19. NARROSCHWEISS

Schon in der Bertholdstraße hatte Klaus alle Mühe, Hubertus im Blick zu behalten. Er hatte sich zwar das Muster des blauweißen Hummelschen Foulards eingeprägt, doch je mehr sie sich der Niederen Straße näherten, umso mehr Hästräger bevölkerten die Stadt. Von allen Seiten ertönte das »Klong, klong« der Rollen.

Dass der Himmel über Villingen an diesem Morgen strahlend blau und die Temperatur klirrend kalt war, beflügelte die Narros zusätzlich. Es war das perfekte Wetter für die dick gepolsterten und schwer beladenen Hästräger.

Auch für Hubertus. Schon über die ganze Bertholdstraße hinweg war er gesprungen und hatte immer wieder im Hochgefühl der Fasnet gejuchzt. So sportlich und dynamisch kannte Klaus den Freund eigentlich gar nicht.

Er selbst hingegen tat sich zunächst schwer und hatte Mühe, nicht über jeden Bordstein zu stolpern. Dabei kam es ihm so vor, als wäre er fast blind. Außerdem fühlte er sich mit den Polsterungen, dem riesigen Kragen um den Hals und der straff gebundenen, engen Lindenholzscheme wie in einer mittelalterlichen Foltervorrichtung. So eine furchteinflößende Kombination aus Zwangsjacke und Maske hatte er einmal in einem Museum gesehen.

Und überhaupt: Lohnte sich das ganze Theater? Gut,

er könnte versuchen, für die Dienstagsausgabe eine Reportage zu schreiben – »Mein erstes Mal als Narro« oder so ähnlich.

Wahrscheinlich würde die Geschichte aber mit seiner Ohnmacht nach fünf Minuten enden …

Mehr als einmal war er kurz davor, Passanten zu bitten, ihm seine Scheme zu öffnen. »So ein Quatsch. Und den Mörder finden wir sicher auch nicht«, fluchte er leise vor sich hin.

Hubertus hingegen war kaum noch zu halten.

Die Stadt- und Bürgerwehrmusik hatte sich vor ihnen aufgereiht, dazwischen stand der Narrovater. Hubertus nahm einen tiefen Luftzug durch die kleinen Öffnungen der Scheme und warf einen Blick auf die malerischen Häuserfassaden der sonnendurchfluteten Niederen Straße. Im Hintergrund ragte das Obere Tor hervor. Links und rechts hatten sich Menschentrauben gebildet. Auf die Idee, in einer solchen Situation nach einem Narro mit einem grünen Foulard mit schwarzen Verästelungen zu suchen, kam er natürlich nicht.

Dann endlich erklangen die ersten Takte des Villinger Narromarsches. Zwar liefen Hubertus die Schweißperlen übers Gesicht, und auch sonst war er bereits ziemlich durchnässt, doch dieses wundersame Hochgefühl ließ ihn die Anstrengung vergessen. Er sprang hinter den Musikern her – mit großer Eleganz, wie Hubertus selbst fand. Auch Klaus machte die ersten Versuche, verlor aber nach ein paar Sprüngen fast schon das Gleichgewicht. Ein Zugbegleiter hielt ihn gerade noch am Arm fest.

Fast wäre Riesle auf eine Brünette mit Sommersprossen und Mikrofon gestürzt: Die Reporterin des SWR-

Fernsehens dirigierte gerade den Kameramann zwischen den Narros herum und erklärte in breitestem Schwäbisch in die Linse, was es mit dieser Fasnet auf sich hatte.

»Danke … äh … Dankschee«, hauchte Klaus durch die Scheme. Heute war Dialekt ja Pflicht. Der Ratsherr der Narrozunft schaute etwas skeptisch.

Als Hubertus das erste Mal an den Straßenrand ging, um zu strählen, folgte Klaus und staunte dann. Plötzlich sprach Hubertus lupenreines Villingerisch. Ob »Gau lau«, »stau lau« oder »bliebe lau«. Er schien den Urdialekt, wie er eigentlich fast nur noch an Fasnacht gesprochen wurde, fließend zu beherrschen. Sonst hielt es der Freund doch mehr mit Hochdeutsch – vor allem seiner Schüler wegen.

Endlich entdeckte Hubertus ein Strählopfer. »Du, los e'mol, Mäschgerle«, sprach er eine blonde Frau mittleren Alters an. Mit dem Säbel zeigte er auf das erschrockene Gesicht der Frau. Hummel nahm den Säbel wieder herunter und legte die linke Hand gespreizt an die Scheme. Ein Zeichen dafür, dass Narro Hummel zum Strählen bereit war.

»Häsch dine Scheer au dabei? No kansch viellicht emol dine eigene Haar abschniede un nit die Krawatte vu andere Liet …«, strählte Hubertus, juchzte und brachte die Rollen zum Klingen.

Die Blonde erschrak. »Wat … wie war dat?«, stammelte sie vor sich hin. Von dem Kauderwelsch hatte sie überhaupt nichts verstanden.

Es war Hummels Kollegin Carola Hübschen aus dem Rheinland, die seine Lieblingskrawatte ruiniert hatte. Noch immer blickte die Kollegin ziemlich verstört drein. Hummels Attacke hatte gesessen. Er juchzte nochmals.

Von den Alkoholika, die Hubertus für die Strählopfer am Straßenrand in seinen Hosentaschen verstaut hatte, bekam die Hübschen nichts ab. Dafür wurde sein Kumpel Edelbert, den er kurz vor dem Latschariplatz ausmachte, mit zwei Schnäpsen und ein paar Bonbons belohnt. Dafür nahm Hummel ihn für den Ausflug ins heterosexuelle Milieu aufs Korn. Er belehrte ihn, dass er seinen Mund doch besser am Schorleglas lassen sollte. Edelbert grinste leicht gequält.

Den Ministerpräsidenten an der Ehrentribüne ließ Hubertus aus. Dort stand bereits eine ganze Schlange von Narros an – wie an einer Supermarktkasse. Jeder hatte dem Würdenträger etwas unter die Nase zu reiben.

»Jetzt gucket au mol die schene Maschgere aa«, dröhnte es aus den Lautsprechern, als Hubertus und Klaus in die Obere Straße einbogen. Letzterer fühlte sich sofort angesprochen und versuchte sich Hubertus' Instruktionen vom Morgen noch mal in Erinnerung zu rufen: immer aufrecht, elegante Haltung, einfach aristokratisch!

An die festgebundene Scheme hatte er sich allmählich gewöhnt. Und auch mit dem Gleichgewicht klappte es nun besser.

Hubertus hatte dafür seine erste Schwächephase. »Zu schnell angegangen«, brummelte er leise vor sich hin und fühlte sich wie ein Marathonläufer kurz vor dem Aufgeben.

Ein etwas mulmiges Gefühl und eine leichte Übelkeit stellten sich ein. Hummel musste aufstoßen. Ein säuerlicher Geruch verbreitete sich unter der Scheme – eine kleine Erinnerung an die Weinschorle und die Mehlsuppe vom Frühstück.

Hubertus beschloss, eine Weile nicht mitzuspringen, obwohl der Narromarsch schon wieder angespielt wurde. Vielleicht hätte er doch Elkes Rat befolgen und sich vor der Fasnet in ihren Yoga-Kurs begeben sollen. Er war einfach zu unsportlich, vielleicht sogar etwas zu dick.

Doch schon bald wurde er von seinem Unwohlsein abgelenkt.

Als der Umzug kurz ins Stocken geriet, hob er den Kopf und richtete die Augenschlitze seiner Scheme in Richtung Sprecherkabine, die sich in einem Erker befand. Dort saß sein angehender Schwiegersohn, der gestresste Narr Didi Bäuerle, und tauschte mit einem anderen, wesentlich korpulenteren Ratsherrn Kalauer aus. Außerdem führten sie Touristen in das Villinger Fasnetgeschehen ein – in einer Sprache, die sie für Hochdeutsch hielten. Beide trugen ihre Ratskappen und dazu blaue, üppig mit Orden geschmückte Ratsherrenwesten.

Als Hubertus' Blick zu einer dritten Person am Fenster wanderte, wurde ihm noch viel heißer. Zwar hatte er heute auf seine Brille verzichtet, doch diese Frau erkannte er auch so.

Es war ganz eindeutig die Stupsnase von Martina, die gerade an der Fensterscheibe hing. Hubertus war kurz vor einem Tobsuchtsanfall. Wie konnte es Didi bloß wagen, seine hochschwangere Tochter in dieses Getümmel zu schleppen? Was, wenn die Wehen einsetzten?

Einen Moment lang überlegte Hummel, ob er aus dem Umzug ausscheren und Martina aus der Sprecherkabine ziehen sollte. Doch dann entschied er sich dagegen. Der Montagsumzug war der Höhepunkt des Jahres. Der musste einfach zu Ende gelaufen werden.

Außerdem wollte er Klaus nicht in voller Montur seinem Narroschicksal überlassen. Aber der angehende Schwiegersohn konnte sich schon mal auf einen gewaltigen Ärger gefasst machen.

Als sie den Latschariplatz zum zweiten Mal kreuzten, tauchte im Hintergrund das Riettor auf. Die blauweißen Fähnchen – die Farben der Stadt Villingen – flatterten im Wind und hingen wie ein Baldachin über der Rietstraße.

Endspurt! Hubertus konzentrierte sich, nahm alle Kraft zusammen und bemühte sich, sein körperliches Unwohlsein zu ignorieren. Jetzt bekam er den Tunnelblick: Er sah nur noch das Riettor vor sich, das immer kleiner zu werden schien, je mehr er sich ihm näherte. Und wieder ertönte der Refrain des Narromarsches. Die weißen Kragen vor ihm begannen bereits auf- und abzuwippen: Narrosprung.

Die Reihen der Zuschauer wurden dichter, und die Menschen schienen immer lauter zu jubeln. Jetzt galt es, noch mal eine gute Figur zu machen. Von Klaus war mittlerweile nur noch das ständige »Klong, klong« zu hören. Zumindest für den sportlichen Teil des Narrodaseins hatte Klaus durchaus Talent.

Als Hubertus endlich unter dem schmalen Bogen des Riettors stand, brannten seine Oberschenkel. Die Schultern schmerzten von den schweren Rollen. Der Mund war trocken, das Gesicht tropfnass. Er brauchte jetzt dringend eine Weinschorle.

20. BISS UND FEDERAHANNES

Für Kommissar Müller im zwanzig Kilometer entfernten Rottweil war die Nacht recht kurz gewesen. Dies hatte vor allem an der »Tagwacht« gelegen, die ihn mit dem Rottweiler Narrenmarsch und dem »Alten Jägermarsch« um kurz nach fünf Uhr geweckt hatte.

Der Rottweiler Narrenmarsch! Seit er das Musikstück in der Wohnung des Ermordeten gehört hatte, ging es ihm nicht mehr aus dem Kopf.

Müller fluchte. Das hatte man nun davon, wenn man zur Fasnacht nicht die Flucht ergriff. Dabei hätte der Vormittag so schön werden können: Bis acht schlafen, gemütlich frühstücken, um zehn einen Informanten treffen und danach die erste Vernehmung durchführen – günstigerweise beides nicht im Büro, sondern vor Ort in Rottweil.

Es hatte ihm große Genugtuung verschafft, Annegret Berger, die Exfrau des Verstorbenen, für den Morgen einzubestellen.

»Aber da ist doch Fasnet«, hatte sie gesagt, worauf er ihr in scharfem Ton klargemacht hatte, dass es hier um einen Mord gehe und sie ja wohl Interesse an dessen Aufklärung haben werde.

Er musste zwar zugeben, dass das Verbrechen nun schon neun Tage her war und die plötzliche Eile etwas schwierig zu vermitteln war. Immerhin hatte er zwei Tage nach der Tat schon einmal mit ihr telefoniert, den

Verdacht aber rasch wieder fallen lassen. Schließlich musste ein Mann der Täter gewesen sein. Nachdem die Hauptverdächtigen ein Alibi hatten, rückte allerdings die Exfrau als mögliche Anstifterin wieder ins Zentrum seiner Überlegungen.

Als er schlaftrunken im Badezimmer statt seines Rasierschaums die Zahnpasta verwendete, musste er sich endgültig eingestehen: Er war überarbeitet und hatte ein paar Fehler bei den Ermittlungen gemacht. Zunächst den, dass er den Fall so schnell wie möglich abhaken wollte und sich dabei zu sehr auf die naheliegenden Verdächtigen gestürzt hatte.

Erst Gerbert, den mit Berger verfeindeten Schwenninger Narren, der an jenem Mordfreitag bei einem Eishockey-Spiel der »Wild Wings« gewesen war und dafür fast dreitausend Zeugen hatte, da er in der Drittelpause auf dem Eis einen neuen Sponsor vorgestellt hatte.

Dann die Lebensgefährtin, diese Isabella Schneider, mit der sich Berger zuletzt eingelassen hatte und die ihn am Grab des Toten so übel traktiert hatte. Deren Eltern bestätigten, dass sie in Castrop-Rauxel gewesen war – mehr als fünfhundert Kilometer vom Tatort entfernt.

Und nun dieser Gremmelsbacher: Zwei Schuttigkollegen und der Verdächtige selbst hatten versichert, dass er auf der Narrenversammlung gewesen war. Dabei hätte alles so schön gepasst.

Doch die drei Verdächtigen waren für ihn Reinfälle gewesen, denn alle hatten ein Alibi. Und Müller war mit seinem Fall wieder so weit wie kurz nach dem Mord.

Er hörte seine Frau in der Küche wirtschaften. Dank der lauten Musik war auch sie aufgewacht.

Müller überlegte: Er wusste, dass es ihm Ärger einbringen würde, wenn er den Täter nicht bald dingfest machen konnte. Allein er war für den Fall verantwortlich, denn er hatte die wichtigen Ermittlungen keinem Mitarbeiter seiner Sonderkommission überlassen wollen. Mittlerweile verdächtigte er nämlich jeden anderen Beamten, ein Handlanger seines immer noch im Urlaub befindlichen Rivalen Brüderle zu sein. Unter anderem auch den Polizeipräsidenten, von dem er sich gehörig unter Erfolgsdruck gesetzt fühlte.

»Stefan?« Es klopfte an die Badezimmertür. »Gut, dass du schon auf bist. Wir beide gehen nachher zum Narrensprung.«

Das klang nicht nach einer Frage – eher nach einem Befehl. Seit dem verpatzten Urlaub war seine Frau die Herrin im Haus.

Müller schraubte den Deckel der Zahnpastatube langsam wieder zu, ehe er antwortete: »Aber ich habe doch nachher Termine.«

»Du hast gesagt, der erste Termin sei um zehn. Der Narrensprung beginnt aber schon um acht. Ich mache Frühstück, und dann gehen wir. Spätestens um sieben sollten wir beim Schwarzen Tor sein. Wenn wir dieses Jahr an Fasnet schon mal hier sind, will ich die auch sehen.«

Müller seufzte: Ihm blieb derzeit auch nichts erspart.

Zum ersten Mal, seitdem die Hexen sich in seiner Kindheit auf ihn gestürzt hatten, würde er sich einen Fasnachtsumzug anschauen müssen. Vorbei war's mit dem gemütlichen Frühstück, um dann entspannt zum Treffen mit dem Fasnachtsexperten zu gehen. Denn der richtige Durchblick fehlte Müller immer noch. Was hatten diese Sprüche zu bedeuten, die am Tatort und in der

Wohnung des Toten gefunden worden waren? Und warum war der Rottweiler Narrenmarsch im CD-Player des Toten endlos gelaufen? Um den Toten – immerhin ein fanatischer Villinger – zu demütigen?

Vielleicht würde Frau Berger eine Antwort darauf geben können – auch wenn sie schon seit vielen Jahren von ihrem Mann getrennt war.

Während zahllose Rottweiler Narren durch die engen Gassen der alten Reichsstadt in die Stempellokale gingen, dort von der Narrenzunft geprüft wurden und schließlich ein »Sprungbändel« bekamen, mischten sich Müller und seine Frau unter die Zuschauer. Immerhin bekamen sie noch einen Platz in der zweiten Reihe, doch eng war es schon jetzt.

Müller hatte sich kategorisch und letztlich erfolgreich verbeten, sich in irgendeiner Art zu verkleiden. Seiner Frau hingegen hatte es Spaß gemacht, die rothaarige Perücke aufzusetzen, sich mit Fragezeichen und Herzchen zu schminken und sich dann auch noch eine alte Hose des Kommissars anzuziehen, in die sie ein Loch geschnitten hatte, was Müller als Unverschämtheit empfand. Ein Paar Hosenträger des Kommissars sorgten dafür, dass sie nicht plötzlich hosenlos dastehen würde.

Müller schaute griesgrämig und übermüdet drein und musste mehrfach von seiner Frau mit Rippenstößen aufgemuntert werden. »Das sind Rottweils höchste Feierdäg«, mahnte sie ihn zur Fröhlichkeit.

»Fängst du jetzt auch noch an, Rottweiler Dialekt zu sprechen?«, maulte Müller.

»Aber Stefan – das sagt man hier so«, gab sie zurück.

Ihr Mann rollte nur mit den Augen.

Eines musste er den Narren aber zugutehalten: Sie waren pünktlich – und das wusste er als Spross einer alten Uhrmacherfamilie durchaus zu schätzen. Um Punkt acht Uhr bewegten sich die Reiter mit der Reichsstadtstandarte durchs Schwarze Tor. Ihnen folgte die Stadtkapelle in historischer Tracht, und dann kamen sie: die Benner Rössle, Hunderte von Bajassen und schließlich Tausende von Narren, die Gesichter hinter geheimnisvollen Larven versteckt. Der Umzug war so farbenfroh, dass sich selbst Müllers Miene etwas aufhellte. Wenigstens etwas. Der klare, schöne Wintertag tat sein Übriges, die Kostüme und Fasnetfiguren richtig zur Geltung zu bringen.

Zahllose Federahannes sprangen in ihren roten, blauen und grünen Federkleidern mit Stangen umher, und das helle Geläut der kleinen Glöckchen, die die Fransenkleidle trugen, mischte sich mit Juchzern, mit Jubel, mit Rufen aller Art. Auch die Kommissarsgattin beteiligte sich – doch als der Guller, der vorwitzige Hahn, auf sie zusprang, wurde er von Müller wieder verscheucht.

Das Gegrummel um ihn herum störte den Kommissar in diesem Moment ebenso wenig wie der einheimische Zuschauer, der ihn fragte: »Was machet Sie denn iberhaupt do, wenn Ihne des koin Spaß macht?«

Der endlos erscheinende Narrentross wälzte sich von der oberen Hauptstraße die mittelalterliche Innenstadt hinunter in Richtung des großen Viadukts.

Schon bald kam in Müller wieder der alte Griesgram durch. »Wie lange bleiben wir noch?«, wollte er wissen.

Seine Frau achtete jedoch gar nicht auf ihn – auch nicht, als er eine halbe Stunde später sagte: »Mir ist so kalt.«

Um Viertel vor zehn – »der Sprung« war noch nicht einmal zur Hälfte beendet – hatte Müller endlich einen guten Grund, sich aus dem Staub zu machen. »Du, ich muss jetzt los«, sagte er zu seiner Frau.

Die nickte nur kurz, küsste ihn auf die Backe und wünschte ihm viel Spaß, während sie sich weiter dem Umzug widmete.

Graf Zahl hatte den Umzug mehr genossen als Kommissar Müller. Er war zwar schon mehrere Jahre nicht mehr beim Rottweiler Narrensprung gewesen, weil dieser parallel zum Villinger Umzug stattfand, doch dies Jahr hatte er aufgrund seines Termins auf den Umzug in seiner Heimatstadt verzichten müssen. In Villingen würden ihm immerhin noch der Maschgerelauf am Nachmittag und der Dienstagsumzug bleiben.

Graf Zahl juckte es in den Füßen, während er beim Narrensprung zusah, und am liebsten hätte er mitgemacht. Als Experte musste er zugeben, dass ihn der Rottweiler Narrensprung und die Fasnetfiguren durchaus beeindruckten. Der ermordete Berger war wirklich völlig verblendet gewesen, alles außer der Villinger Fasnet in Bausch und Bogen zu verdammen.

»Rottweil 68. Der Federahannes tobt«, murmelte er vor sich hin. Was mochte der rätselhafte Spruch nur bedeuten?

Um zehn Uhr traf er in der Weinstube beim Rottweiler Münster ein, wo er sich mit Kommissar Müller verabredet hatte.

»Guten Morgen, Herr Moser«, wurde er freundlich begrüßt.

»Ah, guten Morgen, Herr Kommissar«, antwortete Moser alias Graf Zahl. Dass er in Rottweil mit Kommissar Müller verabredet war, hatte er Hubertus und Klaus vorsichtshalber nicht erzählt. Es war nicht einmal eine Lüge, eher eine Unterlassung. Und was sprach denn dagegen, dem Kommissar ein paar Zusammenhänge der Fasnet zu erklären, nachdem Narrenfreund Bäuerle so überhaupt keine Zeit hatte? Außerdem würde er Klaus und Hubertus mit den Informationen versorgen, die er von Müller bekam.

»Sind Sie mit diesen geheimnisvollen Sprüchen weitergekommen?«, fragte der Kommissar.

»Leider nein«, musste Zahl eingestehen. »Mir ist nur vorhin noch eine Möglichkeit eingefallen: Es könnte sich um Jahreszahlen handeln. Bei der einen Nachricht hieß es: ›68 Schwenningen.‹ Bei der zweiten: ›68 Rottweil.‹ Und bei der dritten, der mit dem Schuttig, war von ›69‹ die Rede.«

»68, 69 – das liegt aber schon lange zurück ...«

»Stimmt«, bestätigte Zahl. »Möglicherweise jemand, der Berger schon lange kennt.«

»Also die Exfrau, die gleich hier vorbeikommt«, meinte der Kommissar.

»Ja. Oder die Haushälterin – die ist wohl auch schon ewig bei ihm.«

»Der Sohn hat auf jeden Fall ein Alibi für die Tatzeit«, sagte Müller etwas lauter, weil die Begleitgeräusche im Lokal anschwollen. Der Umzug war zwar noch nicht ganz zu Ende, dennoch drängten immer mehr Rottweiler und Touristen in die Weinstube. Müller musste sich eingestehen, dass seine aus Bequemlichkeit erfolgte Entscheidung, sich zu dieser Uhrzeit, an diesem Tag und an diesem Ort zu treffen, nicht optimal gewesen war. Andererseits konnte er sicher sein, nicht von einem seiner Kollegen belauscht zu werden.

»Vielleicht stimmen ja die Angaben dieser Haushälterin nicht«, meinte Müller. »Vielleicht hat sie Berger ja schon viel früher gesehen – und der Sohn hat ihn früher umgebracht.«

Graf Zahl dachte nach. »Ich möchte ja niemanden einfach so verdächtigen, aber überprüfen sollten Sie das sicher mal. Vielleicht war es ja keine böse Absicht, sondern ein Irrtum.«

Müller machte sich Notizen und wandte sich dann wieder an sein Gegenüber: »Sehen Sie noch irgendeinen anderen fasnachtlichen Hintergrund, der hinter dem Mord stehen könnte?«

Zahl schüttelte den Kopf: »Ich denke, dass jemand mit diesen Zahlen andere Zünfte verdächtig machen wollte. Ich glaube wirklich, dass die Zahlen Jahreszahlen sind.« Er hielt inne. »Wer erbt nun eigentlich Bergers Vermögen?«

Müller wiegte den Kopf hin und her. Sollte er Moser überhaupt davon erzählen? Eigentlich handelte es sich um ein kolossales Versäumnis von ihm, dass er sich nicht früher und energischer darum gekümmert hatte. »Das ist noch nicht ganz sicher«, sagte er vage.

»In der Villinger Zunft erzählt man sich nämlich, es gebe irgendwo ein Testament, wonach das Geld für die Haushälterin bestimmt sei.«

»Fragen Sie da doch noch mal nach«, bat ihn Müller.

»Darf ich bei dem Verhör mit Frau Berger dabeibleiben?«, erkundigte sich Graf Zahl. »Immerhin habe ich jetzt nur wegen unseres Gesprächs den Montagmorgen in Villingen verpasst.«

Müller zögerte. Eigentlich war ihm das nicht recht, andererseits war er für die Begleitung durch Moser dankbar – so ganz allein unter den Narren. »Gut, aber nur, wenn Sie sich völlig ruhig verhalten«, meinte er dann.

Zahl nickte erfreut. Hubertus und Klaus würden zufrieden sein.

Bergers Gattin war grauhaarig und schmal, was einen seltsamen Kontrast zu den bunten Narren darstellte. Außerdem war sie ziemlich sauer. »Herr Kommissar, wir hätten uns gerne in den vergangenen Tagen treffen können. Aber hier – und jetzt?«

Müller ging gar nicht darauf ein. Er legte auch keinen Wert darauf, dass ihm sein Fehler nun auch noch von fremden Leuten unter die Nase gerieben wurde. Stattdessen kam er gleich zur Sache: »Frau Berger – es haben sich neue Verdachtsmomente ergeben. Verdachtsmomente gegen Sie, um genau zu sein ...«

Graf Zahl verschluckte sich fast an seiner Weißweinschorle.

Frau Berger wurde blass. Sie setzte sich. »Gegen mich?«, sagte sie fassungslos.

Der Lärmpegel in der Weinstube nahm weiter zu. Und zwar massiv. Müller reichte es: Kurzerhand nahm er einen Fünf-Euro-Schein aus seinem Geldbeutel, bedeutete Moser und Frau Berger, ihm zu folgen, drückte das Geld für die zwei Weinschorlen einer Bedienung in die Hand und verließ rasch das Lokal.

Draußen sagte er nur: »Wir gehen in den Goldenen Apfel – vielleicht ist es da ruhiger.« Ruhiger war es da aber auch nicht, und dort gab es erst recht keinen freien Platz mehr.

Graf Zahl machte den zaghaften Versuch, ihm zu erklären, dass er in ganz Rottweil kein Lokal finden würde, in dem derzeit eine problemlose Vernehmung möglich war. Doch Müller lief mit grimmigem Blick aus dem Lokal und dirigierte seine Gesprächspartner zu einem Café außerhalb der eigentlichen Rottweiler Narrensprungzone, wo vielleicht noch ein ruhigeres Plätzchen zu ergattern war.

Dem Blick von Frau Berger war nicht zu entnehmen, ob sie empört, entsetzt oder einfach nur erschöpft war. Sie setzte sich schweigend an den letzten freien Tisch des Cafés.

»Also, Frau Berger, wir haben erfahren, dass Sie sehr wütend auf Ihren Exmann waren, weil er sich nach all den Jahren scheiden ließ. Zudem soll die Scheidung wohl … auch finanziell nicht sehr gut für Sie gelaufen sein. Und Sie sollen ihn bedroht haben.«

Frau Berger sammelte sich. Ehe sie antworten konnte, kamen ihr allerdings die Kinder am Nebentisch dazwischen, die aus vollem Leib einen bekannten Rottweiler Narrenspruch brüllten: »Narro kugelrund, d' Stadtleut sind wieder älli g'sund!« Und dann, in bestem Alemannisch, der Satz von den sieben Söhnen: »Narro siebe Sih, siebe Sih sind Narro g'si.«

Müller hätte sie am liebsten verhaftet. Sein Fasnachtstrauma machte sich wieder bemerkbar. »Also?«, fragte er Frau Berger.

»Ja, mein Exmann hat mich um viel Geld betrogen.

Ich habe vielleicht auch mal gesagt, dass ihm das noch leidtun wird. Aber ihn deswegen umzubringen – fast ein Jahr nach der Scheidung?«

»Vielleicht nicht Sie selbst, aber Sie könnten ja jemanden beauftragt haben?«, wandte der Kommissar ein.

»So ein Unsinn«, echauffierte sich Frau Berger.

In diesem Moment spürte Graf Zahl den Vibrationsalarm seines Telefons.

»Hallo, Graf Zahl«, hörte er Hummel am anderen Ende. Das passte jetzt wirklich schlecht. Weder sollte Hubertus erfahren, dass er mit dem Kommissar in Rottweil saß – und umgekehrt schon gar nicht …

»Hallo!«, brüllte Zahl, ohne den Namen seines Gesprächspartners zu nennen.

»Hast du schon was rausgefunden?«

»Hier tobt der Federahannes. Bin gerade dabei!«

»Okay«, rief Hubertus, der hauptsächlich das Hintergrundgeräusch im Lokal hörte. »Lass uns nach dem Maschgerelauf telefonieren und unsere Erkenntnisse austauschen.«

»Was?«

»Te-le-fo-nie-ren. Nach dem Masch-ge-re-lauf!«

»Ich schalte mein Handy erst um sechzehn Uhr wieder an«, sagte Zahl und atmete tief durch.

21. MASCHGERELAUF

Hubertus hatte aufgehört, die Weinschorle zu zählen. Doch sein glasiger Blick verriet, dass das halbe Dutzend schon überschritten war. Immer wieder klopfte er Klaus auf die Schulter. »Toller Narro … bin stolz auf dich!«

Sein Freund erwiderte das Lob mit leicht besorgter Miene. Denn Hubertus hatte es sich an dem Tisch im Erker des Narrostübles fast schon etwas zu bequem gemacht. Ohne Scheme, ohne Kragen und vor allem ohne Rollen trank es sich leichter.

Verständnisvoll betrachtete Klaus den nassgeschwitzten Freund. Schließlich war es für den kein leichter Morgen gewesen. Nach dem anstrengenden Umzug hatte er tatsächlich die Kabine der Umzugssprecher aufgesucht und seinen angehenden Schwiegersohn ultimativ aufgefordert, die hochschwangere Martina nach Hause zu bringen. Hubertus hatte ihnen eine ganz schöne Szene gemacht, woraufhin Didi kleinlaut nachgegeben und Martina lauthals protestiert hatte: »Dass dein Enkel Hummel heißt, kannst du dir schon mal abschminken!«

Klaus versuchte die Aufmerksamkeit wieder auf den Fall zu lenken, was in einem Narrostüble nicht gerade leicht war. Hier ging es eigentlich nur um ein Thema – die Fasnet. Ständig wurden neue Lieder angestimmt, und man schunkelte, was das Zeug hielt. Die improvisierten Lokale waren ausschließlich für Hästräger reserviert.

»Hör mal, wie sollen wir jetzt den Narro mit dem Foulard finden? Grüne Farbe, schwarze Verästelungen, die gibt's wahrscheinlich wie Sand am Meer«, fragte er und biss in eine Brezel.

»So viele wird's davon nicht geben. Außerdem machen wir jetzt den Narro-TÜV«, antwortete Hubertus und zog aus seiner Hosentasche ein zerknülltes Blatt Papier, das er ausbreitete, um konzentriert das darauf abgebildete Gekritzel zu betrachten. Berta Gremmelsbacher hatte ihm das Muster des Foulards wie eine Art Phantombild aufgezeichnet.

»Wie? Narro-TÜV?«, fragte Klaus mampfend.

»Pass auf« – Hubertus beugte sich zu Klaus hinüber – »die Herrscher der Narrozunft, also die Ratsherren, kontrollieren am Montagmorgen während des Umzugs in der Bärengasse, ob die Hästräger auch alle ordentlich angezogen sind. Hat jeder Narro die strenge Anzugsordnung beachtet? Sitzt die Masch? Hat eines der Morbili Moonboots an? Und so weiter.«

»Ja, und?«, fragte Klaus.

»Wir gehen jetzt gleich zum Maschgerelauf. Und diesmal sind wir der Narro-TÜV. Wir müssen nur auf die Foulards achten und finden so den Mörder.« Hubertus setzte eine bedeutsame Miene auf, Klaus eine fragende.

»Maschgerelauf? Hab ich schon mal gehört, aber was war das gleich noch mal?«

Hubertus runzelte die Stirn und zog Klaus zu sich heran, sodass niemand hörte, wie unbedarft dieser war.

»Der Brauch wurde erst vor vierzig Jahren eingeführt. Die Musikkapellen stellen sich am Rand des Umzugs auf, und die Narros, also Maschgere, laufen oder springen dazu«, dozierte Hubertus. »Also eine Art Schaulaufen. Und du springst mit.«

»Aha«, machte Klaus. So ganz geheuer schien ihm die Sache nicht zu sein.

»Übrigens solltest du nicht zu weit zurückfallen, sonst bekommst du noch einen Tannenzapfen ab. Denn ganz am Schluss kommen die Wuescht. Und die dürfen damit beworfen werden.«

»Gefährlich wird's also auch noch«, stöhnte Klaus.

»Das ist noch gar nichts, früher wurden die Wuescht sogar mit Steinen beworfen.«

Durch das offene Erkerfenster drang laute Musik ins Narrostüble. Klaus stand auf und streckte die Nase in die eisige Luft. Unter dem Fenster flatterte neben einer Narrofahne eine mit rotem Adler auf blauweißem Untergrund. An Fasnet war der Villinger Lokalpatriotismus auf seinem absoluten Höhepunkt angelangt.

Die Katzenmusik hielt gerade ihren Generalappell ab – die »Konkurrenz«, wie Hubertus immer sagte.

»Miauuuu!« Der Fasnetgruß der Katzen machte auch vor dem Narrostüble nicht halt.

Klaus wandte sich wieder Hubertus zu, der gerade von einem großen Narro gestrählt wurde. Im Narrostüble gab es endlich die Gelegenheit, denjenigen die Leviten zu lesen, die auf der Straße maskiert gewesen waren.

Hubertus ließ die Prozedur einigermaßen unbeteiligt über sich ergehen, lachte aber hie und da ein wenig angestrengt. Als Klaus sich wieder zu ihm setzte, machte der Narro kehrt und stolzierte zum Ausgang.

»Was hat er denn gesagt?«, fragte Klaus und blickte dem Narro nach.

»Nichts Besonderes. Er wollte nur wissen, ob die beiden Superdetektive schon den Fall Berger gelöst haben. Er meinte, wir könnten doch hier nicht einfach seelenruhig rumsitzen und Weinschorle trinken …«

»Moment mal!«, rief Klaus.

Hubertus schaute ihn verwundert an.

»Das Foulard! Schau dir mal das Foulard an!« Klaus deutete mit dem Kopf in Richtung Ausgang. Dort stand immer noch der Narro, der Hubertus gerade gestrählt hatte.

Hubertus war plötzlich stocknüchtern. »Wieso ist mir das nicht gleich aufgefallen? Los! Sofort hinterher!« Der Narro drehte sich noch mal ganz kurz zu ihnen um. Hubertus verglich das Muster auf dem zerknüllten Zettel und das Foulard. Der Abgleich passte.

»He du, warte mal«, schrie er dem Narro hinterher.

Die Hästräger, die gerade die letzte Strophe des Villinger Schunkellieds beendet hatten, waren über diese Anrede irritiert.

»Des hoaßt Maschgere«, belehrte ein Alt-Narro mit schwarzem Umhang.

Der verdächtige Narro mit dem grünen Foulard war ohnehin bereits durch die Tür verschwunden und hatte offenbar die hektischen Rufe in dem Trubel nicht mitbekommen.

Klaus und Hubertus rannten zum Ausgang. Riesle wollte schon davonstürmen, aber Hummel hielt ihn zurück. »Moment, du musst dich erst anziehen«, befahl er.

»Da läuft gerade unser Mörder davon«, widersprach Klaus.

»Ich weiß, aber die Villinger Fasnet hat ihre Ordnung. Du darfst als Narro nicht unmaskiert auf die Straße.«

Klaus schüttelte verwundert den Kopf. Fasnet ging also vor Mord ...

So schnell hatte sich Hubertus allerdings noch nie angekleidet. Und vor allem war er die schmalen Stufen vom Narrenstüble zum Münsterplatz noch nie so schnell hinuntergepoltert. Als er vor dem Kirchenschiff des Münsters stand, sah er vor sich eine Gruppe »Butzeseltrieber«, die sich mit Streicheleinheiten und Peitschenknallen eifrig bemühte, ihren Esel wieder in Gang zu bringen. Dieser hatte es sich auf seinem großen Fichtenast gemütlich gemacht. Der Kerl mit dem Eselskopf hatte über seine Ohren dicke Wurstringe gestülpt, die er bei den Metzgern der Stadt erbeutet hatte. Die Zeche hatten die »Trieber« zu begleichen.

Hubertus hielt weiter nach dem Narro mit dem Foulard Ausschau.

Rechts und links entdeckte er je einen Narro, konnte jedoch nicht die Farbe und das Muster der Foulards erkennen.

Die Chancen standen also fünfzig zu fünfzig.

Hubertus entschied sich für den stattlicheren, der gerade den Münsterplatz in Richtung Kronengasse überquerte.

Klaus folgte ihm.

Doch wie sollte man in voller Narromontur eine Verfolgungsjagd aufnehmen? Ein Spurt war wohl kaum möglich, ein rennender Narro ohnehin nicht standesgemäß. Hubertus spürte sein verschwitztes Unterhemd auf dem Rücken kleben. Für einen Moment fröstelte es ihn in der eisigen Luft. Dann legte er aber richtig los und stellte eine neue Rekordzeit im Narrosprung-Sprint auf. Und das, obwohl er sich sehr bemühte, Eleganz und Haltung zu wahren.

Am Ende der Kronengasse hatte er den Narro eingeholt.

Hubertus hielt ihn an der Schulter fest. Der Narro drehte sich um und schien Hummel für einen Moment anzustarren.

An der Nasenspitze seiner Scheme hatten sich kleine Kondenstropfen gebildet. Hubertus schnaufte, seine Halsschlagader pochte gegen das Lindenholz der Scheme.

Er senkte den Kopf und richtete die Augenschlitze auf das Foulard. Es war grün! Und die Verästelungen? Rot.

Ein zweiter Blick: Immer noch rot! Rot – nicht schwarz!

Vor dem Stadttor hatte auch Klaus seinen Freund wieder eingeholt. Zum Glück hatte er sich dessen blau-weißes Foulard gut eingeprägt. Sonst hätte er ihn unter den Hunderten von Narros, die sich in einer riesigen Traube vor dem Oberen Tor sammelten, nicht wiedererkannt.

Nur noch wenige Minuten bis zum Maschgerelauf.

»Wie sollen wir vorgehen?«, fragte Klaus. Doch erst, nachdem er diesen Satz vier Mal wiederholt hatte, verstand ihn Hubertus. Eine Konversation durch zwei Schichten Lindenholz hatte ihre Tücken.

»Wir stellen uns in entgegengesetzter Richtung vor dem Torbogen auf. Du links und ich rechts. Sobald du den Narro mit dem grünen Foulard und den schwarzen Verästelungen siehst, schnappst du ihn am Arm und juchzt drei Mal, so laut du kannst. Dann komme ich.«

»Und was machen wir dann?«, schrie Klaus seinen Freund an.

»Einer schnappt ihn links am Arm, einer rechts. Wir tun so, als gehörten wir alle drei zusammen. Dann setzen wir uns auf eine Parkbank in den Ringanlagen, schauen, ob wir auch nicht beobachtet werden, und ziehen ihm die Scheme herunter.«

»Okay, einverstanden!«

Nach schätzungsweise dreihundert Narros bekam Klaus die ersten Sehstörungen. Er stierte wie gebannt auf die Foulards der vorbeiziehenden Hästräger, doch in dem Meer von Farben und Formen konnte er das gesuchte Tuch einfach nicht entdecken.

Hubertus hatte mehr Glück. Schon bald hatte er den Narro mit dem grünen Foulard und den schwarzen Verästelungen entdeckt und am Arm gepackt. Klaus reagierte geistesgegenwärtig und folgte.

Der verschleppte Narro protestierte. »Was soll das denn?«, rief er, als sie ihn auf die Bank zerrten und ihm die Scheme abnahmen. Klaus hielt ihm die Arme fest, Hubertus zog am Lederbändel.

Als Hubertus Hummel die Scheme anhob, sah er gespannt auf das verschwitzte Gesicht darunter. Die strengen Züge und den eindringlichen Blick kannte er.

»Herr Dekan? Sie im Narrohäs?« Hubertus war ehrlich betroffen.

22. HEIMKINO

»Jetzt zier dich doch nicht so«, ermahnte Elke.

Klaus stöhnte mit schmerzverzerrtem Gesicht. Dass Elke ihm die geschundenen Schultern mit einer Wundsalbe einrieb, fand er ja in Ordnung. Dass sie dabei auch noch die Shiatsu-Massage anwendete, war für Riesle zu viel des Guten.

»Bitte nicht so fest«, jammerte er.

»Das ist die sanfteste Massage, die es gibt, Klaus«, antwortete Elke.

Die Lederriemen der schweren Rollen hatten auf der Haut über seinem Schlüsselbein rote Höcker hinterlassen. Und die schmerzten bei jeder Berührung.

Elke schien die Massage mehr Befriedigung zu bereiten. »Man merkt sofort, dass du nicht im Einklang mit dir selbst bist, Klaus. Die Haut ist schließlich ein Spiegel der Seele«, sagte sie.

Hubertus, der noch immer sein handbemaltes Häs trug, hatte sich in den Ledersessel am Kamin fallen lassen, wo er ein Glas Weißweinschorle trank. Nur Martina lag unbeeindruckt auf dem Sofa und trug ihre schlechte Laune und ihren ausgeprägten Bauch zur Schau. Sie stierte auf den Fernseher, der gerade den Frohsinn der rheinischen Karnevalisten versprühte. Doch auch dafür war sie eigentlich nicht in Stimmung.

Hubertus warf ihr immer wieder besorgte Blicke zu.

Auch wenn das Fernsehprogramm nervte, Martina

versuchte, sich darauf zu konzentrieren. Und sei es nur, um alles um sie herum zu ignorieren.

Zwischendurch wandte sie kurz den Blick von der Mattscheibe ab und nahm ihren Bauch ins Visier. Auf mindestens vier Kilo schätzte die Hebamme das Baby. Ganz der Großvater ... Wie sollte sie bloß diese Geburt überstehen?

Würde sie etwa auch stundenlang pressen müssen wie ihre Mutter? Die hatte ihr Horrorgeschichten von ihrer eigenen Entbindung erzählt und ihr noch mal die Wassergeburt nahegelegt. Aber Martina hatte nur den Kopf geschüttelt.

So oder so würde sie unbändige Schmerzen erleiden müssen. Am besten sollten sie das Kind gleich per Kaiserschnitt holen. Das machten die Promis doch auch so. Allerdings würde sie das heimlich veranlassen müssen, denn ihre Eltern waren garantiert strikt dagegen.

»Am besten gehst du morgen gleich wieder ins Häs, Klaus. Das ist das beste Mittel gegen den Schmerz«, riet Hubertus.

»Nix da. Morgen werde ich bei Kerstin vorbeischauen und mir diesen Schwenninger Hansel vorknöpfen. Den Villinger Narrosäbel leihe ich mir noch einen Tag aus, damit ich ihm eins überbraten kann«, kündigte Klaus an.

»Mach keine Dummheiten«, ermahnte Hubertus ihn. »Dafür kriegst du mindestens zehn Jahre wegen Totschlags.«

Er legte noch etwas Holz nach. Das Kaminfeuer flackerte kurz auf, und seine Wangen bekamen einen roten Schimmer. Er goss sich noch etwas badischen Spätburgunder nach.

»Das mit dem Dekan war ja ein echter Reinfall«, sagte Klaus und ächzte kurz auf. Elke steigerte noch mal die Intensität der Massage.

»Vor allem, dass du ihn nach einem Alibi gefragt hast. Jetzt kann ich mich mindestens bis zum nächsten Weihnachtsgottesdienst nicht mehr in meinem Münster blicken lassen. Einfach peinlich«, jammerte Hubertus.

»In deinem Münster?« Elke grinste. »Du warst doch seit Weihnachten ohnehin nicht mehr dort.«

»Pah, von wegen! Seit Weihnachten zünde ich mindestens jede Woche eine Kerze für meinen Enkel in der Seitenkapelle vor dem Nägelinskreuz an.«

Hubertus suchte sehnsüchtig den Blick seiner Tochter, die weiter ungerührt auf die Mattscheibe starrte.

»Schatz«, sagte ihre Mutter, »Fernsehen ist gar nicht gut für dein Kind.«

Martina nahm das Handy und wählte die Nummer von Didi, doch am anderen Ende war nur die Ansage zu hören, dass ihr Gesprächspartner momentan nicht erreichbar sei. Ihr Freund tobte sich immer noch bei der Fasnacht aus. Das konnte dauern ... Nervös drückte sie an den Knöpfen der Fernbedienung herum.

Der Ledersessel knarrte. Hubertus versuchte aufzustehen, was etwas ungelenk aussah. Seine Knie fühlten sich taub an, die Beinmuskeln brannten noch immer vom Narrosprung. Er griff nach der DVD, die auf dem Kaminsims stand. Es war ein Mitschnitt des diesjährigen Zunftballs, den Didi gedreht haben musste. Zumindest stammte die Beschriftung eindeutig von seiner Sauklaue.

Martina hatte mittlerweile das Programm gewechselt, doch auch die Mundartvorträge aus dem Konstanzer

Konzil konnten sie nicht wirklich begeistern. Hubertus legte die DVD ein.

»He!«, machte Martina. »Was soll das denn?«

»Das wird dich aufmuntern. Die Villinger ist ohnehin die einzig wahre Fasnet.«

»Danke, Papi, aber da war ich doch live dabei. Das Programm war ja vor meiner Ohnmacht.«

Hubertus setzte ein stolzes Lächeln auf und betrachtete die Aufnahmen. Die weiteren Proteste seiner Tochter ignorierte er. Gerade zoomte die Kamera durch die Reihen des Saals.

»Moment mal!«, murmelte er dann in Richtung DVD-Recorder und betätigte den Rücklauf. Dann drückte er wieder auf Start, erneut auf Rücklauf, wieder auf Start.

»Jetzt geht mir ein Licht auf!«, murmelte Hubertus.

23. KOLLEGENKNATSCH

Hauptkommissar Stefan Müller starrte ungläubig auf seine alte Taschenuhr. Es war zwanzig vor zehn, und er war immer noch nicht im Büro. Gehetzt nahm er die letzten Stufen im Treppenhaus seiner Dienststelle. Nur noch wenige Meter, dann wäre er endlich an seinem Arbeitsplatz. Hoffentlich hatte sein Chef noch keine Notiz davon genommen, dass er Verspätung hatte. In neunundzwanzig Dienstjahren war ihm das kein einziges Mal passiert. Verschlafen! Und das ihm, dem Uhren- und Pünktlichkeitsfanatiker, der die Kollegen schon anschnauzte, wenn sie nur wenige Sekunden zu spät zum Dienst erschienen.

Müller drückte sich kurz an die Wand und spähte mit einem Auge um die Ecke. Die Luft auf dem Korridor schien rein zu sein. Zum Glück hatten die meisten Kollegen über Fasnet Urlaub genommen. Nur sein Chef, da war er sich sicher, schlich irgendwo herum. Kurz verfluchte der Kommissar seine Frau. Wieso hatte sie ihn auch zu dieser blöden Kneipentour in Rottweil überreden müssen?

Als er sein Büro betrat, schallte ihm ein fröhliches »Guten Morgen« entgegen. Müller verzog das Gesicht. Die helle Stimme von Kriminaloberkommissar Brüderle löste einen heftigen, kurzen Kopfschmerz bei ihm aus. Jetzt spürte er wieder den Kater. Auch das Sodbrennen und das Durstgefühl meldeten sich wieder.

»Morgen«, erwiderte Müller und bemühte sich um eine selbstsichere Miene. »Was machen Sie denn schon hier? Ich denke, Sie haben noch Urlaub?« So was Blödes, jetzt hatte er auch noch eine kratzige, verschlafen wirkende Stimme.

»Der Fall hat mir einfach keine Ruhe gelassen.« Oberkommissar Brüderle hatte ein leichtes Lächeln auf den Lippen, das Müller als anmaßend empfand. Und dann hatte der auch noch an seinem Schreibtisch Platz genommen, als wolle jetzt er die Leitung der Soko übernehmen.

Am liebsten hätte er den Kriminaloberkommissar gemaßregelt. Aber jetzt, da Brüderle immer wieder auf die Wanduhr starrte, musste er sich wohl zurückhalten.

»Tja, ist wohl alles doch komplizierter, als wir gedacht haben«, sagte Müller, legte seine Tasche ab und goss sich eine Tasse Kaffee ein. »Haben Sie den gekocht?«

Brüderle nickte und räumte den Schreibtisch. Müller trank und verzog das Gesicht. Die schwarze, schlierige Brühe schmeckte bitter. Er warf dem Kollegen einen kurzen, scharfen Blick zu. Der wusste doch ganz genau, dass Müllers labiler Magen keinen starken Kaffee vertrug. Jetzt wollte er ihn wohl noch vergiften, um an seinen Posten zu kommen!

»Sie hätten Ihren Urlaub fortsetzen können. Es gibt nichts Neues in dem Fall«, stellte Müller fest. Den Kaffee trank er mit Todesverachtung. Ihn wegzuschütten kam nicht infrage. Diese Genugtuung wollte er dem Oberkommissar nicht gönnen.

»Wirklich nichts Neues?«, fragte der Kriminaloberkommissar mit einem ironischen Unterton in der

Stimme. Er schien seit seinem Kurzurlaub noch mehr Oberwasser zu haben.

»Nichts!«, sagte Müller im Befehlston.

»Während Ihrer Abwesenheit heute Morgen ... hat sich etwas ereignet, das ich durchaus als eine interessante Neuigkeit bezeichnen würde.« Brüderle schien die Situation richtig auszukosten.

Müller senkte den Blick auf die grüne Schreibtischauflage. Ganz ruhig bleiben, Stefan, sagte er sich.

»Heute in der Früh hat Frau Gremmelsbacher versucht, sich das Leben zu nehmen!«

»Was? Wann ... wann ist es passiert?«

»Heute Morgen gegen fünf Uhr. Sie hat versucht, sich zu erhängen.«

Brüderle war immer noch über Müllers Schreibtisch gebeugt. Seine Augen waren scharf auf seinen Chef gerichtet.

»Und warum hat mich keiner benachrichtigt?« Müllers Tonfall wurde schärfer, und seine Stimme war schon weniger rau.

»Das haben die Kollegen ja versucht. Aber bei Ihnen ging niemand ans Telefon. Auch das Handy war abgeschaltet. Da haben die Kollegen eben mich angerufen. Frau Gremmelsbachers Nachbarin hat heute Morgen gegen fünf ein Stöhnen gehört und die Polizei alarmiert.« Brüderles Lächeln wechselte ins Arrogante.

Hauptkommissar Müller wich den Augen des Kontrahenten aus, suchte wieder das neutrale Grün der Schreibtischauflage.

»Wir haben bei Freunden übernachtet«, sagte er leise. Verdammt, jetzt fühlte er sich wie bei einem Verhör.

»Ihre Privatsache, Chef. Geht mich ja absolut nichts

an«, sagte Brüderle in jovialem Ton und schnalzte genüsslich mit der Zunge.

»Und wie geht es Frau Gremmelsbacher?«

»Sie hat überlebt. Momentan ist sie noch auf der Intensivstation und nicht ansprechbar.«

Müller tippte mit seinen Fingern nervös auf seinem Laptop herum.

Brüderle starrte immer noch seinen Chef an: »Aber das war noch nicht alles.«

Jetzt platzte dem Hauptkommissar der Kragen: »Hören Sie, Brüderle, ich finde Ihr Verhalten heute Morgen äußerst merkwürdig. Wenn Sie etwas wissen, was ich nicht weiß, dann rücken Sie jetzt mit der Sprache raus! Ich bin immer noch Ihr Vorgesetzter – auch wenn Sie hier Intrigen spinnen!«

Brüderle schien von Müllers Gefühlsausbruch unbeeindruckt. Er verschränkte die Arme hinter dem Rücken und wanderte in Mülles Büro umher.

»Frau Gremmelsbacher hat einen Abschiedsbrief hinterlassen, der eine Wendung in den Fall bringt. Sie schreibt darin, dass sie nicht mehr mit der Schande leben kann, dass ihr Sohn ein Mörder ist. Der Mörder von Berger!«

Kriminalhauptkommissar Müller war zunächst erstaunt. Dann ärgerte er sich darüber, dass es ihm nicht gelungen war, Frau Gremmelsbacher dieses Geständnis selbst abzuringen. Noch mehr ärgerte er sich aber über seinen Kollegen, der noch immer nicht mit seinem Vortrag fertig war.

»Und noch etwas: Gerade eben habe ich einen Anruf vom Polizeiposten Elzach erhalten – auf Ihrem Apparat. Sie konnten den Anruf ja nicht entgegennehmen. Gremmelsbachers Zeugen haben widerrufen. Sie meinten, sie hätten sich wohl getäuscht. Es könnte auch sein, dass Gremmelsbacher nicht auf dem Ball gewesen sei. Die haben wohl jetzt erst richtig kapiert, dass es um Mord geht. Und diese Tatsache hat sie wohl eingeschüchtert.«

»Aha, dann können Sie ja auch gleich noch das Motiv klären und Herrn Gremmelsbacher verhaften.« Müller stand auf und ging zur Tür. »Und ich kann mir in aller Ruhe einen anständigen Kaffee am Automaten holen. Mit dem Kaffeekochen hapert's nämlich noch bei Ihnen.«

»Den Kaffee müssen Sie auch nicht mehr trinken. Und von wegen Intrigen: Zum nächsten Quartal sind Sie mich los. Ich werde nach Freiburg versetzt, besser gesagt: befördert.«

»Glückwunsch!«, entgegnete Müller trocken.

Jetzt war ihm einiges klar – auch Brüderles seltsames Verhalten.

»Welches Motiv soll der Gremmelsbacher Ihrer Meinung nach gehabt haben?«, fragte Müller und trat einen Schritt zurück ins Büro. Endlich wollte auch er mal einen Informationsvorsprung auskosten. »Und warum sollte ausgerechnet er die Elzacher Schneckenhäuschen am Tatort hinterlassen haben, die auf seine Spur führen könnten?«

Brüderle zuckte mit den Schultern. Nur auf die zweite Frage konnte er eine Vermutung äußern: »Na ja, Gremmelsbacher scheint nicht der Hellste zu sein.«

»Ich werde Ihnen das Motiv verraten, Herr Kriminaloberkommissar. Während Sie im Urlaub waren, habe ich einen Informanten aus der Narrozunft aufgebaut, Herrn Moser. Und der will Gerüchte gehört haben, nach denen Frau Gremmelsbacher Begünstigte einer zwischenzeitlichen Testamentsänderung gewesen sei. Allerdings nur, bis Herr Berger seine neue Lebensgefährtin geheiratet hätte. Danach wäre der Hauptteil des Erbes logischerweise ihr zugeflossen.«

»Und woher weiß Ihr ... Informant das?«

»Aus gut unterrichteten Kreisen. Brüderle, wann wird man Frau Gremmelsbacher vernehmen können?« Jetzt war Müller wieder der Chef. Und das würde er Brüderle auch die restlichen Wochen bis zu dessen Weggang spüren lassen.

»Die Klinik meinte, eventuell in ein, zwei Stunden. Aber nur ganz kurz.«

»Gut. Ich werde mit Winterhalter die Befragung vornehmen. Durchsuchen Sie derweil noch mal die Wohnung von Berger. Irgendwo wird dieses Testament ja wohl liegen, wenn es eines gibt. Möglicherweise haben Sie und Ihre Männer beim ersten Mal schlampig gearbeitet.«

Einen kleinen Widerspruch wagte Brüderle dann doch noch. »*Wir,* Chef. *Wir*. Und *unsere* Männer.«

24. STROHVERBRENNEN

Hubertus betrachtete den gelblichen Schimmer seiner Weinschorle, dann die blaue Farbe von Klaus' Stachihemd und schließlich den rötlichen Glanz seines Gesichts. Bei seinem Freund hatte die Fasnet durchaus Spuren hinterlassen. Deshalb waren sie heute in Zivil auf die »Gass« gegangen. Die Höcker auf Klaus' Schultern waren noch weiter angeschwollen, sogar Blasen hatten sich darauf gebildet. Sie saßen auf einer Holzbank im »Bunker« – einem nur für die Fasnet improvisierten Lokal im Villinger Rietviertel. Überall hingen Girlanden und Fähnchen. Auch die verkleideten Gäste brachten Farbe in den Raum, der eigentlich eine Garage war. Aber das machte die Sache nicht weniger gemütlich.

»Wie ist es heute Morgen bei Kerstin gelaufen?«, fragte Hubertus neugierig.

Klaus lächelte und schaute von seinem Bier auf – mittlerweile war er der Schorle-Trinkerei überdrüssig.

»Ich habe mal nachgerechnet: Insgesamt habe ich sie in den letzten Tagen hundertzwanzig Mal angerufen – und vier Mal war ich an ihrer Haustür, bis ich sie heute endlich gesehen habe.«

»Deinem Gesichtsausdruck nach zu urteilen lag kein anderer Mann in ihrem Bett?«

»Nein, eine andere Frau. Der Schwenninger Hansel war kein Mann, sondern eine Schwenninger Lehrerkollegin – diese Angela.«

»Eine Frau in einem Männerhäs? Das gäbe es in Villingen bei den Narros nicht«, amüsierte sich Hubertus.

Erneut lächelte Klaus. »Meine Eifersucht hat ja fast schon Hummel'sche Züge angenommen.«

»He, he«, protestierte Hubertus. An seine filmreifen Eifersuchtsszenen aus der Zeit vor der Versöhnung mit Elke wollte er sich gar nicht gern erinnern lassen. »Und nach der Erfahrung mit dir hat Kerstin gemerkt, dass es wahre Liebe nur unter Frauen gibt?«

»Quatsch, die hat einfach nur etwas Trost gebraucht. Deshalb war die Kollegin in den letzten Tagen bei ihr und hat sie ein bisschen in die Schwenninger Fasnet eingeführt.«

»Ja, und? Will Kerstin wieder zu dir zurück? Oder besser gesagt: Darfst du zurück in die Wohnung?«, fragte Hubertus.

»Jein. Diese blöde Angela hat ihr wohl geraten, mich gleich in den Wind zu schießen. Ich habe Kerstin aber davon überzeugt, mir noch eine Chance zu geben.«

Klaus winkte dem Mann mit der blauen Phantasieuniform der Rietpolizei zu und bestellte noch eine Runde.

»Du meinst wohl eher angefleht«, kommentierte Hubertus.

»Ganz und gar nicht. Aber ich muss wahrscheinlich doch meine letzte Trumpfkarte ausspielen, um sie zurückzugewinnen. Diese blöde Küsserei mit Isabella geht ihr einfach nicht aus dem Kopf.« Jetzt wirkte Klaus etwas zerknirscht.

»Und das heißt?«

»Der Heiratsantrag. Ich werde sie wohl doch bitten müssen, meine Frau zu werden. Du bist dann natürlich mein Trauzeuge.« Klaus dachte eine Weile nach. Seit er denken konnte, war er überzeugter Junggeselle gewesen. »Vielleicht reicht es ja auch, wenn wir uns erst mal nur verloben«, murmelte er dann.

Die Freunde traten hinaus in die kalte Luft. Leichtes Schneetreiben hatte eingesetzt, und sie beschlossen, einen kleinen Umweg über die Hauptstraßen zu machen und noch einmal etwas von der Fasnetatmosphäre einzuatmen.

Die Niedere Straße war erfüllt von einer dichten Geräuschkulisse. Einige Narros brachten ihre Rollen zum letzten Mal zum Klingen, ein paar Fleck-Fleck-Peitschen zischten, Fazenedle machten Musik, die Katzenmusik begleitete ihren Kater Miau unter klingendem Spiel der Harmonie und »Miauuu«-Rufen in Richtung Rietviertel, wo er wieder für ein Jahr im Romäusturm eingesperrt wurde.

In der Ferne erblickten sie ein paar Schwenninger Hansel, die gerade von ein paar Narros und einem Morbili gestrählt wurden. Der dunkle Klang des Schwenninger Hanselgschells vermischte sich mit dem hellen der Villinger Narrorollen.

Ein so einträchtiges Narrentreiben über die Stadtteilgrenzen hinweg hatte er wirklich nicht erwartet, nachdem man den toten Narro erst vor wenigen Tagen am Schwenninger Narrenbrunnen gefunden hatte.

Eher einen kleinen Bürgerkrieg.

Aber offensichtlich hatten sich die Moderaten in den Narrenzünften durchgesetzt. Ob Villinger und Schwenninger sich tatsächlich einmal so richtig lieb gewinnen würden?

Hubertus konnte sich das nicht so ganz vorstellen.

Die Hausfassaden um die Kirche waren bereits hell erleuchtet. Das Licht des großen Strohfeuers warf auch einen flackernden Schimmer auf das Gesicht des Oberbürgermeisters, der auf dem Balkon des Rathauses bereits ungeduldig auf den großen, goldenen Schlüssel wartete – das fasnachtliche Symbol der Macht. Zwei Tage lang hatte der OB in der Stadt überhaupt nichts zu sagen gehabt.

Die Wuescht, die sonst mit dem Stroh ausgestopft waren und sich nur breitbeinig fortbewegen konnten, wirkten abgemagert. Ihr handbemaltes Häs hing schlaff herunter. Sie tanzten mit ihren Besen um das Feuer herum, das immer wieder nach neuem Brennmaterial verlangte. Wie keine andere stand die feiste, derbe Narrenfigur für die zügellose Völlerei der Fasnet.

Für dieses Jahr hatte sie ausgedient.

Hubertus und Klaus waren am Seitenportal des Münsters angelangt und drängelten sich durch die Zuschauerreihen in Richtung Feuer. Gleich war es so weit …

Als das Geplänkel zwischen Zunftmeister und OB bereits im Gang war, wanderten die Blicke der beiden Freunde durch die Reihen um das Feuer. Sie erkannten einige Stadträte, unzählige Narros und einige Ratsherren – darunter auch das Gesicht von Didi. Und da war das grüne Foulard mit den schwarzen Verästelungen.

Na also! Allerdings gehörte es diesmal zu einer anderen Figur: Es war keine glatte Narroscheme, sondern ein Surhebel. Hubertus wurde unsicher.

Die Gestalt stand direkt am Feuer, dessen Glanz sich auf der fein lackierten Scheme spiegelte. Dann ging die Hand zum Kinn. Der Mann lüftete die Scheme wie alle anderen Hästräger. Hubertus und Klaus konnten von ihrem Platz aus nur einen schwarzen Schatten auf dem Gesicht erkennen. Deshalb drückte Hummel sich an den Bäuchen der Ratsherren vorbei und ignorierte sogar Didis Gruß. Nur noch wenige Meter bis zum Mörder. Er musste es sein! Hoffentlich nicht wieder der Dekan ...

Dann hob der Mann die Scheme etwas zur Seite. Der Feuerschein fiel aufs Gesicht. Hubertus suchte den Blick von Kommissar Müller, der sich bereits zwei Reihen weiter mit ein paar Polizisten in Zivil postiert hatte, nickte ihm zu und zeigte dann auf den Surhebel, der nun seine Scheme ganz anhob.

Es war nicht der Dekan.

Da waren sie wieder: diese kleinen sarkastischen Augen.

Doch in seinem Häs sah der Lehrer nicht mehr ganz so schmal aus wie beim letzten Treffen in Schwenningen: Graf Zahl.

25. ROSEMARIES BABY

»Zugriff!«, rief Müller.

Es war eine gespenstische Atmosphäre. Die Narren verabschiedeten sich weiter von ihrer Fasnet, das Stroh brannte, der Schnee rieselte sanft.

»Narri Narro und Miau«, sagte Zahl verdutzt, aber keineswegs schuldbewusst. »Was gibt's denn?«

»Es ist aus, Graf Zahl«, murmelte Hubertus, der sich neben ihm postiert hatte.

»Lassen Sie mich mal, Hummel«, sagte Kommissar Müller. »Herr Moser, ich verhafte Sie wegen Mordes an Heinrich Berger sowie wegen versuchten Mordes an Berta Gremmelsbacher.«

»Wie, Mordversuch?«, hakte Klaus ungläubig nach.

Müller wandte sich an die beiden Freunde, während die Beamten dem Lehrer Handschellen anlegten: »Herr Moser hat heute Nacht versucht, einen Mordanschlag auf Frau Gremmelsbacher als Selbstmord zu tarnen. Ein Mann mit Narromaske hat die Frau gezwungen, auf einen Hocker zu steigen und sich in eine Schlinge fallen zu lassen. Diese bestand aus zwei aneinandergebundenen Narrotüchern. Wie heißen die noch mal?«

»Foulards«, sagte Klaus, der seine Fasnetlektion gelernt hatte. »Und die Maske heißt Scheme.«

»Foulards also«, fuhr Müller fort. »Doch der Knoten war nicht fachmännisch geknüpft. Die Tücher lösten sich gerade noch rechtzeitig – und das Opfer landete auf dem Boden. Wahrscheinlich, als Sie gerade das Haus verlassen hatten, Herr Moser. Frau Gremmelsbacher liegt jetzt im Krankenhaus, aber es geht ihr halbwegs gut. Sie sagt, es sei derselbe Narro gewesen, der ihr am Abend des Mordes an Berger in dessen Wohnung aufgelauert habe. Er hat wohl zu ihr gesagt: ›Da bin ich wieder.‹«

Graf Zahl schaute etwas verwirrt. Hubertus und Klaus waren immer noch geschockt.

»Ein getarnter Selbstmord also?«, fragte Hubertus.

Die Flammen vom Strohfeuer stiegen mittlerweile so hoch, dass Münster, Rathaus und auch die umstehenden Personen in ein geheimnisvolles Licht getaucht wurden.

»Es gab einen kurzen Abschiedsbrief, den Frau Gremmelsbacher offenbar unter Zwang schrieb«, erklärte Müller. »In dem Brief stand, dass ihr Sohn ein Mörder sei. Mit dieser Schuld könne sie nicht leben und bringe sich deshalb um. Wenn die Frau gestorben wäre, hätten wir wohl wirklich den Sohn verhaftet, zumal dessen Alibi geplatzt ist.«

Er machte eine Pause und schaute triumphierend erst Zahl, dann Hummel und schließlich Riesle an: »Aber nicht mit mir – nicht mit Stefan Müller!«

»Frau Gremmelsbacher als gute Katholikin würde niemals Selbstmord begehen«, murmelte Hubertus. Dann fiel ihm etwas anderes ein. »Hätten wir diesen Mordversuch verhindern können, wenn wir Sie früher informiert hätten, Herr Müller?«

Müllers Miene verdüsterte sich. Er zog Graf Zahl ein paar Meter von dem Strohfeuer weg, die anderen folgten.

»Und ob«, sagte er dann. »Hummel, Sie haben mich

heute Mittag im Büro angerufen und mich zu diesem Strohverbrennen herbeordert. Dabei haben Sie mir erklärt, dass Sie wüssten, wer der Mörder sei, und dass Sie ihm eine Falle stellen würden. Allerdings wollten Sie mir die Identität des Mörders nicht verraten. Dabei müssen Sie es schon gestern Abend gewusst haben. Ich mag solche Spielchen nicht!«

Müller machte eine kurze Pause, sein Gesicht wurde noch grimmiger. »Fast hätten Sie das Leben dieser armen Frau auf dem Gewissen. Und wir haben den ganzen Nachmittag versucht, Sie zu erreichen, um dem Täter keine Fluchtmöglichkeit mehr zu geben.«

Graf Zahl, der bislang geduldig zugehört hatte, sagte: »Maschgere, jetzt erklärt mir doch bitte mal, was ihr von mir wollt.«

»Wir haben uns gestern Abend das Zunftballvideo angeschaut«, erzählte Hubertus. »Darauf bist du relativ deutlich zu sehen, wie du kurz vor Beginn des Programms in die Tonhalle stürmst und dich mit Didi unterhältst. Du hast über deinem Häs ein grünes Foulard mit schwarzen Verästelungen. Leugnen ist zwecklos – man erkennt dein Gesicht. Für einen Moment hast du die Scheme nicht aufgehabt, als du in den Saal gekommen bist. Die Kamera hatte dich im Visier. Ein Regelverstoß, der dir nun zum Verhängnis geworden ist. Die Scheme hast du nämlich erst beim Einmarsch aufgezogen.«

Graf Zahl blieb nach wie vor ruhig. »Du hast mich überzeugt, Hummel«, sagte er ironisch. »Ein grünes Foulard anzuhaben – das ist fast so schlimm, wie in Birkenstocksandalen beim Maschgerelauf mitzumachen. Herr Kommissar, erschießen Sie mich dafür …«

Hummel schüttelte den Kopf. Ihm war keineswegs nach Scherzen zumute. »Als ich dich gestern Abend noch angerufen habe«, fuhr er fort, »da habe ich behauptet, Frau Gremmelsbacher habe die Scheme des Mörders erkannt. Es war aber nicht die Scheme – es war ein grünes Foulard mit schwarzen Verästelungen, das sie erkannt hat. Du hast, nachdem ich dir das mit der Scheme sagte, heute eine andere angezogen – aber das Foulard, das hast du nicht gewechselt. Zahl, das Foulard hat dich verraten.«

»Und mit derselben Maske, die Sie in der Mordnacht aufhatten, haben Sie letzte Nacht Frau Gremmelsbacher überfallen und versucht, sie umzubringen«, ergänzte Müller.

»Scheme, nicht Maske. Aber warum das alles?« Hubertus Hummel war fassungslos.

»Wir haben Frau Gremmelsbacher schon vernommen – so gut es ging«, berichtete Müller. »Sie hat erzählt, dass der Mörder immer wieder zwei Dinge gesagt habe. Erstens: ›Erinnere dich an die Fasnet 1970!‹ Und: ›Jetzt geht's zur Rosemarie!‹«

»1970?«, fragte Hummel nach.

»Und wer ist Rosemarie?«, wollte Müller wissen. »Frau Gremmelsbacher konnte mit dem Namen nichts anfangen.«

Zahl starrte geistesabwesend in die Flammen.

»Sie kann mit dem Namen nichts anfangen«, murmelte er. »Diese ... Diese ...«

»Verdammt, Zahl – was ist hier eigentlich los?« Hummel verlor allmählich die Nerven. »Du hast einen Mord begangen und einen weiteren versucht. Warum?«

»Sie kann mit dem Namen nichts anfangen«, wiederholte Zahl. Dann sackte er etwas in sich zusammen. »Ich hätte nicht Rosemarie, sondern Rosi sagen sollen. Unter diesem Namen war sie ihr besser bekannt. Rosi hieß sie, als sie Lehrling in Bergers Baufirma war. Und Rosi nannte Berger sie, als er sich an sie ranmachte, obwohl er als Juniorchef gerade frisch verheiratet war. Die Fasnet 1968 und 1969 hat Berger nicht in Villingen gefeiert, sondern in Schwenningen, Rottweil und Elzach, weil ihn da niemand kannte. Mit ihr. Er hat ihr versprochen, sich von seiner Frau zu trennen, ihr eine gehobene Stellung in dem Betrieb zu verschaffen, eine Gehaltserhöhung, ja, er hat ihr sogar zugesagt, sich scheiden zu lassen und sie zu heiraten.«

»Ich verstehe nicht ...«, sagte Hubertus.

»Ich auch nicht«, meinte Müller barsch. »Und mir ist kalt. Führen wir das Gespräch auf dem Präsidium fort.«

Doch Zahl redete weiter: »Er hat ihr alles versprochen, dieser miese Typ. Und sie war jung und naiv genug, alles zu glauben. Und dann – dann wurde sie schwanger ...«

»Und?«, fragte Müller ungeduldig. »Hat sie das Kind verloren?«

Hubertus ging ein Licht auf. »Nein«, sagte er. »Sie hat das Kind nicht verloren.«

Graf Zahl nickte zustimmend.

»Du warst das Kind – habe ich recht?« Für das Thema Schwangerschaft und Kind war Hubertus mittlerweile ausreichend sensibilisiert. »Und Berger war dein Vater?«

Wieder ein Nicken.

»Sagtest du nicht mal, dass dein Vater früh gestorben sei?«

»Für mich ist er schon lange vor seinem Tod gestorben.«

Hubertus versuchte sich weiter zu erinnern: »Und deine Mutter – die ist auch sehr früh ums Leben gekommen?«

Zahl nickte zum dritten Mal. »Berger hat meine Mutter schon vor meiner Geburt fallen lassen – auf übelste Art und Weise. Er und seine Gehilfin haben sie unter Druck gesetzt, ja nichts zu erzählen. Sie sollte sagen, dass ein Gastarbeiter, der eine Weile im Betrieb ausgeholfen hatte und dann wieder nach Italien zurückging, der Vater sei. Andernfalls wollten sie dafür sorgen, dass sie umgehend entlassen würde und ganz allein dastehe.«

Kommissar Müller schaute sich um. Ein solches Geständnis mitten auf dem Münsterplatz, noch dazu ohne Tonbandgerät – Zahl würde alles auf dem Präsidium wiederholen müssen.

»Ich war gerade vier Monate alt, da wurde meine Mutter dennoch von Bergers entlassen. Noch mehr: Sie wurde von Berger und seiner Helferin diffamiert als eine, die sich mit einem Gastarbeiter eingelassen hätte. So eine könne man in einem anständigen Betrieb doch nicht behalten.«

»Wieso hat sie sich nicht gewehrt?«, fragte Klaus. »Arbeitsrechtlich – oder mit einem Vaterschaftstest, falls es das damals schon gab. Der hätte das doch bewiesen.«

Hubertus schüttelte den Kopf: »In den Sechzigerjahren? Eine einfache, junge Frau gegen einen angesehenen Unternehmer?«

»Sie hatte nicht die Kraft dafür«, bestätigte Graf

Zahl. »Meine Großmutter hat sich dann um mich gekümmert. Auch sie dachte, dass mein Vater ein längst verschwundener Italiener sei. Meine Mutter wusste, dass meine Oma mich durchbringen würde. Wahrscheinlich fiel es ihr deshalb leichter ... sich das Leben zu nehmen. Am Fasnetmentig 1970. Sie ist von einem Hocker in eine Schlinge gesprungen. Eine Schlinge aus zwei Foulards ...«

Klaus erholte sich als Erster: »Also die gleiche Methode wie vergangene Nacht ... Aber was hast du denn gegen Frau Gremmelsbacher?«

Hubertus reagierte am schnellsten: »Sie war auch damals schon die treue Helferin von Berger, nicht wahr?«

»Sie hat meine Mutter damals übel diffamiert. Sie war dabei die treibende Kraft. Und deswegen sollte sie büßen. Am besten konnte ich sie büßen lassen, indem der eigene Sohn des Mordes verdächtigt würde.«

Müller fand sich damit ab, dass er hier so bald nicht wegkommen würde. Aber Hauptsache, er hatte den Fall geklärt.

»Warum haben Sie so viele Jahre damit gewartet?«, wollte der Kommissar nun wissen.

»Meine Mutter hat sich damals einer anderen jungen Frau aus dem Betrieb anvertraut. Sie hat ihr alle Unterlagen und Briefe in einem Kästchen übergeben und ihr das Versprechen abgenommen, mir das alles auszuhändigen – aber erst in vierzig Jahren. Wahrscheinlich dachte sie, in dem Alter würde ich stark genug sein, die Wahrheit auszuhalten. Tja, diese Frau Kammerer hat tatsächlich ihr Versprechen gehalten. Vor einem Monat bekam ich ein Paket aus Mainz, wo sie jetzt lebt. In dem

Paket war das Kästchen. Erst da erfuhr ich, wer mein leiblicher Vater ist. Bis dahin kannte ich Berger nur flüchtig.«

»Und dann beschlossen Sie, sich zu rächen?«, fragte Müller.

»Nein, ich beschloss, für Gerechtigkeit zu sorgen.«

»Sie haben auf jeden Fall einen Mord begangen und dann eine Intrige gesponnen.«

»Nennen wir's ein Narrogericht«, meinte Zahl und kniff seine Augen zusammen. »Ich habe entschieden, Berger an der Fasnet – gewissermaßen dem Jahrestag des Todes meiner Mutter und seinem Lieblingsfest – seiner gerechten Strafe zuzuführen. Der Abend des Zunftballs bot sich dafür an – schließlich sollte er mit dem Narrenbecher ausgezeichnet werden. Er – für seine Verdienste. Ha! Er hat sich nicht nur an meiner Mutter, sondern auch an der Fasnet vergangen. So einer als Purist für die reine Fasnet. Widerlich!«

»Und der Zunftball war auch dein Alibi«, folgerte Hubertus.

»Richtig. Ich habe mich zwei Wochen über Bergers und Gremmelsbachers Lebensverhältnisse informiert und wusste, um wie viel Uhr die Gremmelsbacher jeden Tag in Bergers Villa kam. Also habe ich mit aufgesetzter Narroscheme gegen sechs an der Tür von Berger geklingelt, der mich hereinließ. Er konnte mich wohl nicht genau einordnen, aber hielt mich auf jeden Fall für einen alten Freund aus der Zunft, der mit ihm seinen Spaß trieb. Er führte mich in den Keller und sagte, er schaue gerade selbst nach seinem Häs.«

Zahl blickte den Kommissar an. »Ich will nicht drum herumreden und behaupten, es sei ein Streit gewesen:

Ich kam mit dem Vorsatz, ihn zu bestrafen – und das habe ich dann auch getan.«

»Und Sie kamen mit einem Säbel«, sagte Müller.

»Mit meinem Narrosäbel. Dann tauschte ich die Säbel aus und nahm seinen mit. Die Leiche schleppte ich zum Hinterausgang. Direkte Nachbarn gibt es ja zum Glück keine. Dort habe ich mein Auto abgestellt und Berger eingeladen. Anschließend bin ich nach Hause gefahren und habe den Wagen in meiner Garage geparkt. Um kurz vor sieben bin ich mit einem Schlüssel, den ich mir im Haus besorgt hatte, wieder durch den Hintereingang in den Keller gegangen und habe auf Frau Gremmelsbacher gewartet.«

»Und dann taten Sie so, als wären Sie Berger. Dabei hatten Sie Ihr komplettes Narrokostüm an«, folgerte der Kommissar. »Jetzt habe ich's kapiert!«

»Ja, das Narrohäs«, korrigierte Zahl. »Der Berger und ich, wir sind ja auch vom gleichen Blute ... Als die Gremmelsbacher wieder gegangen war, habe ich ein paar Hinweise auf die Orte, die mein Vater und meine Mutter gemeinsam besucht hatten, in der Wohnung deponiert. Dann habe ich den CD-Player eingeschaltet und bin so schnell wie möglich in Richtung Tonhalle gelaufen. Der Zeitplan war knapp – aber ich finde, ich habe es gut hinbekommen«, meinte Graf Zahl. »Berger habe ich dann gegen Morgen in Schwenningen abgelegt. Das war eine gerechte Strafe und letzte Demütigung für ihn. Mein Narrogericht!«

»Woher hatten Sie die Schneckenhäuschen?«, wollte Müller wissen.

»Beim Ausspionieren des Sohnes bin ich als Handwerker verkleidet in seine Wohnung gelangt und habe mir die Schneckenhäuschen von seinem Schuttighut besorgt – und die habe ich dann in Bergers Keller verteilt.«

»Woher wusstest du, dass wir dem Sohn auf die Spur kommen würden?«, wollte Hubertus wissen.

»Ich musste euch etwas leiten. Mir war klar, dass Sie, Herr Kommissar, einen Fasnetexperten für diesen Fall brauchen würden. Zwar ist mir Bäuerle zunächst zuvorgekommen, doch das hat sich aufgrund seiner Überlastung ja bald erledigt. Also bot ich mich Ihnen als Experte an – und parallel habe ich Kontakt zu Hummel und Riesle aufgenommen. Ich wusste, dass sie an dem Fall dran sein würden. Die beiden sind ja schon stadtbekannt für ihre detektivischen Leistungen.«

»Du hast den Kommissar beraten?«, fragte Hummel verdutzt.

»Sie waren in dauerhaftem Kontakt mit diesen beiden Schnüfflern?«, entfuhr es Müller fast gleichzeitig.

»Ich habe versucht, euch so sanft wie möglich, aber so dringend wie nötig in Richtung Gremmelsbacher zu leiten und zu suggerieren, dass viele Leute dieser Meinung seien.«

»Was war denn mit diesem Testament?«, fragte der Kommissar weiter.

»Herr Kommissar, ich fürchte, in dieser Hinsicht haben Sie versagt. Dabei war das die entscheidende Spur. Ich hatte in Bergers Wohnung ein neues, falsches Testament deponiert, in dem Frau Gremmelsbacher als Haupterbin aufgeführt wurde. Zumindest bis Berger diese Blondine heiraten würde. Ein gutes Mordmotiv, dachte ich. Von da aus wäre es nur ein kleiner Schritt zum verschuldeten Sohn gewesen.«

»Wo war dieses Testament?«

»In der Schublade direkt neben dem CD-Player. Haben Sie es denn wirklich nicht gefunden? Ich denke, die Polizei durchsucht in einem Mordfall die ganze Wohnung, oder? Direkt neben die Leiche hätte ich das Testament ja kaum legen können …«

Müller wusste, wem er dies in die Schuhe schieben würde. Das würde für den Kollegen Brüderle Folgen haben.

»Was war eigentlich mit dem Alibi von Gremmelsbacher, Herr Kommissar?«, erkundigte sich Graf Zahl. »Ich hatte den Sohn an diesem Abend nach Villingen in die Wöschhalde bestellt. Ich habe ihm gesagt, er sei mir empfohlen worden und es gehe um einen Job für ihn.«

»Und?«

»Und? Die genaue Adresse gab's gar nicht. Ich wollte nur verhindern, dass er in Elzach bei der Narrenversammlung ist und ein Alibi hat. Es ist ihm wohl auch schwergefallen, die Fahrt nach Villingen der Veranstaltung vorzuziehen – aber für einen möglichen Job hat er's getan …«

»Gut geplant, aber auch das hat Ihnen nichts genützt«, sagte Müller. »Sie haben die Rechnung ohne die Elzacher Freunde gemacht, Herr Moser. Die haben Gremmelsbacher ein hieb- und stichfestes Alibi gegeben. Erst ganz zum Schluss haben sie einen Rückzieher gemacht. Schließlich ging es um Mord.«

Der Kommissar lächelte selbstzufrieden. »Aber gewundert habe ich mich schon, dass Sie mir dauernd rieten, das Alibi des Sohnes noch mal zu überprüfen.«

»Hattest du von Anfang an vor, Frau Gremmelsbacher umzubringen?«, fragte Hubertus.

Sein Lehrerkollege schüttelte den Kopf. »Ich muss gestehen, dass ich nach deinem Anruf in Panik geraten bin. Ich fürchtete, die Gremmelsbacher würde noch mehr aussagen können. Deshalb habe ich beschlossen, sie auf die gleiche Weise umzubringen, wie meine Mutter damals sterben musste. Und mir war klar, dass ich ihren Sohn noch mehr belasten müsste. Also habe ich sie nachts rausgeklingelt. Ich hatte wieder nur die Scheme auf – wie schon bei Berger! Dann habe ich sie gezwungen, den Brief zu schreiben.«

»Ich kann deine Wut ja zum Teil verstehen«, sagte Hubertus. »Aber deshalb zwei Menschen umbringen zu wollen? Mein Gott – und du? Du wirst dafür lebenslänglich bekommen.«

»Vielleicht sogar mit anschließender Sicherungsverwahrung«, ergänzte Müller. »Wie auch immer: Die nächsten fünfzehn Jahre werden Sie auf jeden Fall im Gefängnis verbringen.«

Zahl schüttelte den Kopf. »Nein, das glaube ich nicht. Ich habe ohnehin nur noch wenige Monate zu leben. Krebs. Schön, wenn man mir das nicht ansieht. Hast du dich nicht gewundert, dass ich viel dünner bin als früher, Hubertus?«

Hummel war erschüttert. Sein Bekannter ein Mörder – und todkrank. Doch trotz seines Zustands ging er noch ins Häs. Das zeigte, wie viel ihm die Fasnet bedeutete. Das zeigte auch, wie zäh er war.

Die Zeremonie auf dem Münsterplatz neigte sich allmählich dem Ende zu. Ohne Musikbegleitung sangen die Narren zum Abschluss für dieses Jahr ihren Klassiker »Z'Villinge i d' Narrestadt«.

»Abführen!«, sagte Kommissar Müller.

»Einen Moment bitte, Herr Kommissar«, bat Zahl. Er drehte sich in Richtung des Feuers und sang ein letztes Mal mit: »Drum isch iser Städtle au weltbekannt, Narri Narro …«

26. MAXIMILIAN HUBERTUS

Die Situation rührte selbst Kommissar Müller, auch wenn er vom Mitsingen weit entfernt war – abgesehen davon, dass er den Text nicht kannte.

Hummel hingegen sang mit, während sich seine Gedanken überschlugen. Erst bewegte er nur den Mund, die letzten Zeilen stimmte er laut und ergriffen mit ein. Klaus stand schweigend daneben.

Plötzlich klingelte Hubertus' Handy.

In einem solchen Moment, dem vielleicht ergreifendsten des ganzen Jahres?

Es war Elke. »Jetzt nicht, Schatz«, flüsterte Hubertus und drückte das Gespräch weg.

Zwanzig Sekunden später der nächste Anruf. Die »Kleine Nachtmusik«, sein Klingelton, ertönte so laut, dass die Umstehenden ihn böse anstarrten, während sie weitersangen.

Hubertus ging ein paar Meter weiter in Richtung Rathausgasse. »Was ist denn?«, fragte er unwirsch in das Handy. Die Antwort brachte ihn völlig aus dem Konzept.

»Klaus«, rief er dann. »Klaus! Das Kind kommt!«

Zum Glück stand Riesles Wagen noch auf dem Parkplatz des Romäusring-Gymnasiums. Zu Fuß wären es gut zwanzig Minuten ins Krankenhaus gewesen, wo sich Elke und Martina befanden. Und schnell ein Taxi zu bekommen war an diesem Abend so wahrscheinlich, wie einen Narro am Ostersonntag zu sehen. Hubertus setzte sich wieder ans Steuer, der führerscheinlose Klaus daneben. »Zehn Weinschorlen waren es bei dir heute aber sicher auch«, sagte dieser mahnend.

Hätte er nicht so sehr unter dem Eindruck der Aussagen von Zahl gestanden, dann hätte es ihm diebische Freude bereitet, Hubertus einen Vortrag über die Gefahren des Alkohols am Steuer zu halten.

Hubertus bretterte mit Tempo siebzig durch die Kalkofenstraße und machte kurz vor der stationären Radaranlage eine abrupte Bremsung. Dann gab er wieder Gas. Es nutzte ihm aber nichts. Fünfzig Meter hinter der Radarfalle stand eine Polizeikontrolle.

Am letzten Fasnetabend war für die Beamten sicher reiche Beute zu machen.

Was tun?

»Fahr rechts ran!«, rief Klaus.

Hubertus überlegte ein, zwei Sekunden, ob er durchstarten sollte. Es war schließlich ein Notfall. Dann widerstand er der Versuchung, fuhr zu dem ersten Polizisten hin, kurbelte rasch das Fenster hinunter und sagte: »Meine Tochter bekommt ihr Kind. Wir müssen ins Krankenhaus! Ein Notfall!«

»Das ist aber nicht Ihre Tochter, oder?« Der Beamte leuchtete Klaus mit der Taschenlampe an. »Dann macht's ja nichts, wenn Sie etwas später ankommen. Haben Sie was getrunken?«

Fünf Minuten danach spurteten Hubertus und Klaus über die Kreuzung in Richtung Klinikum. Zu Fuß, versteht sich, denn das Auto hatten sie genauso zurücklassen müssen wie Hubertus' Führerschein. 1,04 Promille hatte das Blasen ergeben.

»Lass mich nachrechnen«, keuchte Klaus. »Der wird dir … sechs Monate fehlen. Oder acht?«

»Das ist mir im Moment völlig egal«, keuchte Hubertus zurück.

»Ich bin der Vater«, keuchte er an der Pforte. »Martina Hummel heißt die Gebärende.«

Hubertus wurde sofort in einen der fünf Kreißsäle gebracht, die jetzt Entbindungszimmer hießen. Er war keine Minute zu früh dran: Martina saß mit schmerzverzerrtem Gesicht in der Geburtswanne – sie hatte sich tatsächlich dem Wunsch ihrer Mutter nach einer Wassergeburt gebeugt. Elke hielt ihre Hand und sagte immer wieder: »Pressen, Schatz. Pressen! Sehr gut!«

»Ja, Sie machen das sehr gut. Wir haben's gleich!«, meinte auch die Hebamme.

Der Oberarzt betrachtete misstrauisch den schwitzenden, keuchenden und nach Alkohol riechenden Hubertus und vergewisserte sich: »Sie sind wirklich der Vater des Kindes?«

Hubertus nickte. »Ja, natürlich, das ist mein Kind.«

Während er verhinderte, dass die von Elke angeforderten Akupunkturnadeln zum Einsatz kamen, intensivierte sich Martinas Keuchen – und offenbar auch der Schmerz.

»Wo ist denn Didi?«, fragte Elke.

»Das würde mich auch mal interessieren«, schimpfte Hubertus. »Kann ja überhaupt nicht wahr sein. Dieser Hausmeister …«

»Ich habe dir doch am Telefon gesagt, du sollst ihn mitbringen«, unterbrach ihn Elke.

Hummel verstummte. In dem Trubel und der Aufregung hatte er das gar nicht gehört.

Martinas Pressen wurde noch heftiger, das Keuchen schneller.

»Sehr gut, jetzt haben wir's wirklich gleich«, meinte die Hebamme.

Martinas Keuchen war nun mehr ein schmerzverzerrtes Gurgeln. Hubertus mochte gar nicht mehr hinsehen. Das nennt sich also sanfte Geburt, dachte er. Seine arme Tochter.

Er musste an Graf Zahl denken, genauer: an dessen Geburt, die wohl auch im Villinger Krankenhaus erfolgt war. Zu Zeiten, in denen es noch keine Wassergeburten gegeben hatte. Zu Zeiten, in denen wohl niemand der Mutter bei der Geburt beigestanden hatte. Der Vater schon gar nicht.

Martinas Keuchen und Stöhnen waren nun so laut, dass Hubertus am liebsten das Zimmer verlassen hätte. Elke summte Martina derweil irgendwelche Entspannungsgesänge ins Ohr. Gerade wollte Hummel sich auf einen ergonomischen Sitzball übergeben, da sah er aus den Augenwinkeln, wie Martinas Schmerzen von etwas anderem überlagert wurden: Stolz, Glück, unbändige Erleichterung.

»Herzlichen Glückwunsch zu Ihrem Jungen«, sagte der Arzt zu Hubertus.

»Ein Junge«, strahlte Hummel. »Ein Stammhalter.«

»Wollen Sie die Nabelschnur durchschneiden?«

Hubertus winkte heftig ab.

»Wie soll er denn heißen?«, fragte die Hebamme ihn.

»Äh … also …«

»Er ist nicht der Vater des Kindes«, erklärte Martina. »Er ist *mein* Vater.«

Arzt und Hebamme wirkten erleichtert.

»Finn Malte Pehar Bäuerle«, antwortete Martina.

»Das ist doch nicht dein Ernst, oder?«, entfuhr es Hubertus erschüttert.

»Maximilian Hubertus Hummel«, korrigierte Martina nach einer Pause. »Es wird ein Hummel – allein schon, weil Didi wieder mal zu spät kommt.«

Hubertus strahlte.

Als er wenig später aus dem Kreißsaal trat, entdeckte er Klaus und Didi Bäuerle, die auf einer Bank saßen und warteten. Auch der frischgebackene Kindsvater sah einigermaßen derangiert aus. In seiner Hand hielt er die blauweiße Ratsherrenkappe, sein blondes Haar war schweißnass.

»Alles okay?«, fragte er nur.

Hubertus nickte. »Maximilian Hubertus Hummel«, sagte er.

»Die wollten mich nicht reinlassen. Der Vater des Kindes sei schon drin«, empörte sich Didi.

»Geh rein«, sagte Hummel nur, zeigte in den Kreißsaal und ließ sich dann neben Klaus nieder.

»Herzlichen Glückwunsch«, gratulierte ihm sein Freund.

»Ich bin Großvater«, meinte Hubertus kopfschüttelnd. »Großvater – ich glaube es nicht.«

»Und Elke ist eine der attraktivsten Großmütter, die ich kenne«, ergänzte Klaus.

»Stimmt. Ich bin ab sofort mit einer Großmutter verheiratet.«

»Du bist ja völlig durch den Wind«, unterbrach Klaus sein Gerede. »Didi aber auch. Elke hat ihn übrigens noch angerufen. Der hat hier vor der Tür vielleicht gelitten. Für ihn war die Sache mit Graf Zahl auch nicht ganz einfach. Immerhin hat es ihn abgelenkt, als ich sie ihm erzählt habe.«

»Und was hat er dazu gesagt?«, fragte Hubertus.

»Didi war entsetzt. Aber er sagte, wir hätten ihn mal früher fragen sollen, wem ein solches grünes Foulard mit schwarzen Verästelungen gehört. Er hätte es gewusst ...«

»Lass uns vor die Tür gehen«, sagte Hummel matt. »Ich brauche frische Luft.«

Kurz darauf standen sie vor dem Krankenhaus und starrten wortlos in den Himmel. Klaus zog aus seiner Jackentasche die beiden letzten Schnäpse, die er als Narro nicht verteilt hatte.

»Also, auf den frischgebackenen Großvater Hubertus Hummel!«, rief Klaus.

»Auf den möglicherweise baldigen Ehemann Klaus Riesle«, konterte Hubertus.

»Auf die noch baldigere Hochzeit von Martina und Didi!«

»Auf unsere Spürnasen«, erwiderte Hubertus.

»Und nicht zuletzt: Auf die Fasnet!«

»Ja, auf die Fasnet!«, rief Hubertus.

FASNETGLOSSAR

Biß: Rottweiler Fasnachtsfigur, raues Männergesicht

Butzesel: Villinger Fasnachtsfigur mit buntem Häs aus vielen ziegelförmigen Stoffteilen und Eselsmaske

Fasnetmentig: Fasnachtsmontag

Fasnetzischtig: Fasnachtsdienstag

Fazenedle: Villinger Fasnachtszunft mit Häs aus Taschentüchern

Federahannes: Rottweiler Fasnachtsfigur mit einem federbesetzten Teufelskostüm und grimmiger Maske

Fransenkleidle: Rottweiler Fasnachtsfigur, freundliches Frauengesicht

Foulard: seidenes Tuch des Villinger Narros

Gschell: kugelförmige Glocken vieler schwäbisch-alemannischer Narren, in Villingen Rollen genannt, auch Name einer Rottweiler Fasnachtsfigur

Häs: Fasnachtsbekleidung der Narren aus Leinengewand, mit Ölfarben handbemalt

Hansel: Name vieler Narrenfiguren der schwäbisch-alemannischen Fasnacht

Hölzlekönig: Schirmherr der Schwenninger Fasnacht

Kater Miau: Villinger Fasnachtsfigur mit Katzenkopf und Laterne, Hauptfigur der Villinger Katzenmusik

Katzenmusik: Villinger Fasnachtsverein

Larve: handgeschnitzte Holzmaske, in Villingen Scheme genannt

Masch: Schleife am Kragen des Villinger Narros

Maschgere: Narro, auch Anrede für männliche Person bei der Villinger Fasnacht

Mäschgerle: weibliches Pendant zum Maschgere

Mooshexe: Schwenninger Fasnachtsfigur, Hüterin der Moosmulle

Moosmulle: Schwenninger Fasnachtsfigur, stellt eine Frau dar, die früher im Schwenninger Moos Torf gestochen hat

Morbili: Villinger Fasnachtsfigur, ältere, spöttisch blickende Maske mit Rüschenhaube, Begleiterin von Narro oder Stachi

Narri Narro: schwäbisch-alemannischer Fasnachtsgruß

Narro: bekannteste Villinger Fasnachtsfigur mit glatter, freundlicher Lindenholzmaske und schweren Rollen

Rollen: siehe Gschell

Schantle: Rottweiler Fasnachtsfigur, existiert in ähnlicher Form auch in Oberndorf, Schwenningen und anderen Orten der schwäbisch-alemannischen Fasnacht

Scheme: handgeschnitzte Holzmaske, auch Larve genannt

Schuttig: bekannteste Elzacher Fasnachtsfigur mit rotem Zottelgewand, Dreispitzschneckenhut und grimmiger Maske

Stachi: Villinger Fasnachtsfigur mit Fuhrmannskittel und Narro- oder Surhebelmaske

Surhebel: Villinger Fasnachtsmaske, grimmiges älteres Gesicht, dessen Ursprung in den Porträts früherer Bürger der Stadt liegt

Überlinger Hänsele: Hauptfigur der Überlinger Fasnacht, im Gegensatz zu den Weißnarren trägt er keine Holzmaske, sondern eine Stoffmaske sowie ein aus Stoffteilen zusammengesetztes Flecklehäs

Wueścht: derbe, mit Stroh ausgestopfte Villinger Fasnachtsfigur mit abgetragenem Narrohäs und alter Narro- oder Surhebelmaske

Alexander Rieckhoff / Stefan Ummenhofer

Honigsüßer Tod

Ein Schwarzwald-Krimi. 224 Seiten. Piper Taschenbuch

Studienrat Hummel, der immer wieder in Kriminalfälle verwickelt wird, steckt in einer handfesten Ehekrise. Seine esoterische Frau ist in ein einsames Gehöft im Schwarzwald gezogen, zu einer Sekte namens »Kinder der Sonne«. Als der dortige Imker ermordet aufgefunden wird, beschließt Hummel gemeinsam mit seinem Freund, dem Journalisten Riesle, dem Fall auf den Grund zu gehen. Im angrenzenden Dorf beäugt man die »Kinder der Sonne« schon immer mit Argwohn und glaubt nun zu wissen, dass der Täter aus den Reihen der Sekte stammen muss. Ein weiterer Todesfall bringt eine überraschende Wende. Ein besonders heikler Fall für Hubertus Hummel!

05/2507/02/L

Alexander Rieckhoff / Stefan Ummenhofer

Giftpilz

Ein Fall für Hubertus Hummel. 256 Seiten. Piper Taschenbuch

Herzprobleme! Auch das noch! Ein Kuraufenthalt in einer Schwarzwälder Klinik soll Hubertus Hummel wieder auf die Beine bringen – die Besuche von Familie und Freundin tragen jedenfalls zu seinem Wohlbefinden bei. Doch als ein Mitpatient an einer Pilzvergiftung stirbt, ist es mit Ruhe und Erholung vorbei, denn der Studienrat vermutet dahinter keineswegs nur einen Unglücksfall. Gemeinsam mit dem Journalisten Klaus Riesle begibt er sich im Kurmilieu auf Verbrecherjagd, was nicht nur ihm bald auf den Magen schlägt …

05/2582/01/R

Alexander Rieckhoff / Stefan Ummenhofer

Strafzeit

Ein Fall für Hubertus Hummel. 176 Seiten. Piper Taschenbuch

Studienrat Hubertus Hummel mangelt es nicht an Problemen: Seine Frau ist zu einem schleimigen Anwalt übergelaufen, seine Tochter lässt sich nichts mehr sagen, und dann wird auch noch während des Eishockeyspiels seiner »Wild Wings« ein Kollege erschossen. Schon bald stellt sich heraus, dass der Tote ein schillerndes Privatleben führte. Zusammen mit dem findigen Journalisten Klaus Riesle beginnt Hummel zu ermitteln. Die Jagd nach dem Täter führt die Freunde quer durch den Schwarzwald und bis an den Bodensee …

05/2678/02/L

Wolfgang Burger

Heidelberger Requiem

Kriminalroman. 256 Seiten. Piper Taschenbuch

Alexander Gerlach glaubt, mit seiner Beförderung zum Chef der Heidelberger Kriminalpolizei einen ruhigen Posten bekommen zu haben. Doch schon am ersten Tag wird die Leiche eines Chemiestudenten gefunden, der auf grausamste Weise ermordet wurde. Die Lösung des Falls scheint einfach, denn der junge Mann hatte synthetische Drogen hergestellt, um sein Budget aufzubessern. Doch bald kommt es zu einem weiteren Mord, der alle bisherigen Vermutungen über den Haufen wirft. Als Gerlach beginnt, das grausame Spiel zu durchschauen, ist es fast zu spät …

Ein spannender Roman mit einem ungewöhnlich sympathischen Helden, der sich nicht nur ständig in die falschen Frauen verliebt, sondern zudem als allein erziehender Vater von seinen beiden Töchtern in Atem gehalten wird.

05/2063/02/R

Jede Seite ein Verbrechen.

REVOLVER BLATT

Die kostenlose Zeitung für Krimiliebhaber. Erhältlich bei Ihrem Buchhändler.

Online unter www.revolverblatt-magazin.de

f www.facebook.de/revolverblatt